Jack London · **Abenteurer des Schienenstranges**

JACK LONDON

Abenteurer des Schienenstranges

SÜDWEST VERLAG MÜNCHEN

Einzig berechtigte deutsche Übersetzung von Erwin Magnus
Der Originaltitel des Buches lautet:
THE ROAD

4. Auflage 1974 (46.–55. Tausend)
Lizenzausgabe für den Südwest Verlag GmbH & Co. KG, München
ISBN 3 517 00210 0

Einbandentwurf: Werner Brauer, München
Gesamtherstellung: Ebner, Ulm

INHALT

EIN BEKENNTNIS

Im Staate Nevada wohnt eine Frau, die ich einmal bewußt und schamlos mehrere Stunden hintereinander belogen habe. Ich will mich nicht bei ihr entschuldigen, keineswegs. Aber ich möchte ihr eine Erklärung geben. Unglücklicherweise kenne ich ihren Namen nicht, und noch weniger ihre jetzige Adresse. Sollten ihr jedoch diese Zeilen zufällig vor Augen kommen, so hoffe ich, daß sie mir schreiben wird.

Es war in Reno (Nevada) im Sommer 1892. Dazu war Jahrmarkt und die ganze Stadt voller Spitzbuben und Taschendiebe, gar nicht zu reden von einer ungeheuren Horde hungriger Landstreicher. Diese hungrigen Landstreicher waren es, die die Stadt so ungastlich machten. Sie belagerten die Hintertüren der Bürgerhäuser, bis sich keine mehr öffnete.

Eine schlechte Stadt für »brave Leute« – so nannten die Landstreicher sie damals. Ich weiß noch, daß ich manches liebe Mal herumlief, ohne einen Bissen zu bekommen. Ja, so schlimm ging es mir in dieser

Stadt, daß ich eines Tages dem Schaffner einen Streich spielte und den Salonwagen eines reisenden Millionärs entehrte. Als ich auf der Plattform stand, fuhr der Zug ab, und ich stürzte auf besagten Millionär los, der Schaffner hinter mir her, um mich zu packen. Es wurde aber ein totes Rennen, ich erreichte den Millionär in demselben Augenblick wie der Schaffner mich. Ich hatte keine Zeit, viele Umstände zu machen. »Geben Sie mir einen Vierteldollar, damit ich mir Essen kaufen kann«, platzte ich heraus. Und so wahr ich lebe: Der Millionär fuhr in die Tasche und reichte mir ... gerade ... genau einen Vierteldollar. Ich bin überzeugt, er war so verblüfft, daß er automatisch gehorchte, und ich habe später bitter bereut, daß ich nicht einen Dollar verlangte. Ich weiß, daß ich ihn bekommen hätte. Ich sprang vom Trittbrett, während der Schaffner versuchte, mir einen Tritt ins Gesicht zu versetzen. Es gelang ihm nicht. Man ist nicht mehr viel wert, wenn man von einem fahrenden Zuge abspringen muß, von dem Tritt eines Negerstiefels – Nummer fünfzig! – bedroht; aber jedenfalls: ich erhielt meinen Vierteldollar! Wahrhaftig!
Doch um wieder von der Frau zu erzählen, die ich so schamlos belog: Es war mein letzter Abend in Reno. Ich war auf der Rennbahn gewesen und hatte dabei mein Mittagessen eingebüßt. Ich war hungrig, und zudem war gerade eine Art Wohltätigkeitsverein gegründet worden, um die Stadt von hungrigen Menschen meiner Art zu befreien. Die Polizei hatte

sich schon eines Teils meiner Kollegen bemächtigt, und ich konnte gleichsam die sonnigen Täler Kaliforniens mich über die eisigen Zinnen der Sierra rufen hören. Zweierlei hatte ich noch zu tun, ehe ich den Staub Renos von meinen Füßen schütteln konnte. Erstens: einen Platz auf dem blinden Gepäckwagen des abends abgehenden Überlandzuges nach Westen zu erwischen. Zweitens: eine Mahlzeit zu erbetteln. Selbst ein junger Mann bedenkt sich, ehe er sich darauf einläßt, mit leerem Magen die ganze Nacht hindurch außen auf einem Zuge zu verbringen, der durch Tunnels und ewigen Schnee auf himmelanstrebenden Bergen dahinsaust. Aber dieses »Eine-Mahlzeit-Erbetteln« war keine Kleinigkeit. Ich hatte ein Dutzend Häuser vergebens abgeklappert. Zuweilen machte man unangenehme Bemerkungen über Schwedische Gardinen, hinter die ich gehörte, wenn es mir nach Verdienst ginge. Das schlimmste von allem war aber, daß solche Behauptungen nur allzusehr stimmten. Deshalb wollte ich gerade am Abend machen, daß ich nach dem Westen kam. Das Auge des Gesetzes suchte sehr eifrig in der Stadt nach Hungrigen und Obdachlosen, denn für sie war das Haus mit den Schwedischen Gardinen bestimmt.

Anderswo wurde mir die Tür vor der Nase zugeschlagen, so daß ich mein höflich und demütig vorgebrachtes Ersuchen, mir etwas zu essen zu geben, jäh unterbrechen mußte. In einem Hause öffneten sie nicht einmal die Tür. Ich stand davor und klopfte an, und sie beguckten mich durchs Fenster. Ja, sie hoben sogar einen kräftigen kleinen Jungen hoch, damit er über die Schultern seiner Eltern den Vagabunden sehen konnte, der in ihrem Hause nichts zu essen haben sollte.

Es sah aus, als müßte ich zu den ganz Armen gehen, um mein Essen zu bekommen. Die ganz Armen sind die letzte, aber sichere Hoffnung des Vagabunden. Auf die ganz Armen kann man sich stets verlassen. Sie jagen niemals einen Hungrigen von ihrer Tür. Immer habe ich etwas zu essen bekommen, wenn ich zu den Hütten kam, wo die Löcher in den zerschlagenen Scheiben mit Lumpen verstopft sind. Ihr Wohltätigkeitskrämer! Geht zu den Armen und lernt von ihnen, denn nur die Armen sind wirklich wohltätig. Sie geben weder vom Überfluß, noch versagen sie ihn, denn sie haben keinen Überfluß. Sie geben – und sie versagen nie – von dem, was sie selbst nötig und oft bitter nötig haben. Einem Hunde einen Knochen zuzuwerfen, ist keine Wohltätigkeit. Wohltätigkeit ist, den Knochen mit dem Hunde zu teilen, wenn man selbst ebenso hungrig ist wie der Hund.

Besonders aus einem Hause wurde ich an diesem Abend regelrecht hinausgeworfen. Die Fenster der Vorhalle gingen ins Speisezimmer, und drinnen sah ich einen Mann, der Pastete aß – eine große Fleischpastete. Ich stand in der offenen Tür, und er aß weiter, während er mit mir sprach. Er hatte Glück gehabt, und aus seinem Glück war Groll gegen seine weniger glücklichen Brüder erwachsen. Er unterbrach meine Bitte, mir etwas zu geben, mit einem schnarrenden: »Ich glaube, Sie haben keine Lust zum Arbeiten.«

Nun hatte das gar nichts mit der Sache zu tun. Ich hatte nichts von Arbeit gesagt. Der Gegenstand, auf den ich das Gespräch gebracht hatte, war lediglich »Essen«. Und ich hatte in der Tat keine Lust zum Arbeiten. Ich wollte heute nacht mit dem Überlandzuge weg.

»Ich glaube, Sie würden nicht einmal arbeiten, wenn Sie Gelegenheit dazu hätten«, knurrte er. Ich sah das bedrückte Gesicht seiner Frau und wußte, daß ich eine gute Portion von der Fleischpastete bekommen haben würde, wenn der Bursche nicht dagesessen hätte. Aber der Kerl saß da und schaufelte die Pastete in sich hinein, und ich sah, daß ich mich bei ihm beliebt machen mußte, wenn ich etwas erreichen wollte. Folglich ging ich seufzend auf seine moralischen Betrachtungen über die Arbeit ein.

»Natürlich möchte ich gern arbeiten«, schwindelte ich.

»Das glaube ich nicht«, schnaubte er.

»Versuchen Sie es«, antwortete ich und wurde jetzt selber warm.

»Schön«, sagte er. »Kommen Sie morgen früh an die und die Ecke.« – Ich habe die Adresse vergessen. – »Sie wissen, wo das Haus abgebrannt ist. Da werde ich Ihnen Arbeit geben; Sie können Steine tragen.«

»Schön, ich werde kommen.« Er grunzte und aß weiter. Ich wartete. Nach einigen Minuten blickte er auf mit einem Ausdruck, als wolle er sagen: »Ich denke, Sie sind längst fort!«, und fragte: »Nun?«
»Ich ... ich warte darauf, daß ich etwas zu essen bekomme«, sagte ich höflich.
»Ich wußte ja, daß Sie nicht arbeiten wollen!« brüllte er.
Er hatte recht, selbstverständlich; aber er muß durch Gedankenlesen auf seinen Schluß gekommen sein, denn er konnte es durch nichts belegen. Aber der Bettler an der Tür muß demütig sein, und so beugte ich mich vor seiner Logik, wie ich mich vor seiner Moral gebeugt hatte.
»Sehen Sie, ich bin jetzt hungrig«, sagte ich immer noch höflich. »Morgen früh bin ich noch hungriger. Denken Sie sich, wie hungrig ich sein werde, wenn ich einen ganzen Tag Steine geschleppt habe, ohne etwas zu essen zu bekommen. Wenn Sie mir jetzt aber etwas zu essen geben, werde ich morgen ganz anders arbeiten können.«
Er erwog ernsthaft meinen Einwand, während er gleichzeitig weiteraß und seine eingeschüchterte Frau beinahe ein paar freundliche Worte gesagt hätte, sich aber beherrschte.
»Ich werde Ihnen sagen, was ich tun will«, sagte er zwischen zwei Bissen. »Sie kommen morgen früh, und mittags gebe ich Ihnen einen Vorschuß, so daß Sie etwas essen können. Dann kann ich ja sehen, ob Sie es ernst meinen oder nicht.«

»Aber inzwischen –«, begann ich, doch er unterbrach mich.
»Wenn ich Ihnen jetzt etwas zu essen gäbe, so bekäme ich Sie sicher nie mehr zu sehen. Oh, ich kenne Leute Ihres Schlages. Sehen Sie mich an! Ich schulde keinem Menschen etwas. Ich habe mich nie so weit erniedrigt, daß ich einen Menschen um Essen gebeten hätte. Ich habe mir mein Essen immer redlich verdient. Das Schlimme bei Ihnen ist, daß Sie faul und liederlich sind. Das kann ich Ihnen ansehen. Ich habe gearbeitet und bin ein anständiger Mensch. Was ich bin, habe ich mir selbst zu verdanken. Und Sie können es ebenso haben, wenn Sie arbeiten und ein anständiger Mensch sind.«
»So wie Sie?« fragte ich.
Ach, nie hatte auch nur ein Funken Humor die düstere, durch Arbeit abgebrühte Seele dieses Menschen erhellt.
»Ja, wie ich«, antwortete er.
»Wir alle?« fragte ich.
»Ja, ihr alle«, entgegnete er mit innerlicher Überzeugung.
»Aber wenn es uns allen so wie Ihnen ginge«, sagte ich, »so müssen Sie mir schon erlauben, Sie darauf aufmerksam zu machen, daß es dann keinen gäbe, der Mauersteine für Sie schleppte.«
Ich schwöre darauf, daß ein Anflug von Lächeln in den Augen der Frau zu sehen war. Was ihn betrifft, so war er einfach entsetzt – ob aber über die schreckliche Aussicht, daß er bei einer Reform

der Menschheit niemand mehr bekommen könnte, der Steine für ihn schleppte, oder über meine Frechheit, das werde ich nie erfahren.

»Ich will meine Worte nicht an Sie verschwenden«, brüllte er. »Machen Sie, daß Sie wegkommen, Sie undankbarer Lümmel!«

Ich machte einen Kratzfuß, um ihm meine Absicht, zu gehen, kundzutun, und fragte:

»Und ich bekomme also nichts zu essen?«

Er sprang auf. Er war ein großer Kerl. Ich war ein Fremder in einem fremden Lande, und das Auge des Gesetzes suchte nach mir. Ich machte, daß ich fort kam. »Aber warum undankbar?« fragte ich mich, als ich die Gartenpforte hinter mir schloß. »Was, zum Kuckuck, hat er mir gegeben, daß ich undankbar sein könnte?« Ich blickte mich um. Durchs Fenster konnte ich ihn noch sehen. Er war zu seiner Pastete zurückgekehrt.

Jetzt hatte ich fast den Mut verloren. Ich ging an vielen Häusern vorbei, ohne mich hineinzuwagen. Alle Häuser sahen gleich aus, aber keines einladend. Nachdem ich ein halbes Dutzend Ecken weitergekommen war, schüttelte ich meine Niedergeschlagenheit ab und nahm mich zusammen. Ich entschloß mich, mein Glück im nächsten Hause zu versuchen. Es begann schon dunkel zu werden, als ich es erreichte und nach hinten an die Küchentür ging.

Ich klopfte vorsichtig an, und als ich das freundliche Gesicht einer Frau in mittleren Jahren sah, die mir öffnete, fiel mir plötzlich die »Geschichte« ein, die

ich ihr erzählen mußte. Denn man muß wissen, daß für einen Bettler viel vom Erzählen einer guten Geschichte abhängt.
Vor allem, und zwar im ersten Augenblick, muß der Bettler sein Opfer »abschätzen«. Hierauf muß er eine Geschichte erzählen, die sich nach der Persönlichkeit des jeweiligen Opfers zu richten hat.
Und gerade hier beginnt die Hauptschwierigkeit: Man muß im selben Augenblick das Opfer abschätzen und seine Geschichte anfangen. Man hat nicht eine Minute zur Vorbereitung. Blitzschnell muß man die Eigenart des anderen erraten und eine Geschichte ausdenken, die Eindruck macht. Der erfolgreiche Landstreicher muß ein Künstler sein. Er muß sofort und ohne sich zu bedenken erfinden – und darf nicht aus dem Überfluß seiner Phantasie schöpfen, sondern aus dem, was er in dem Gesicht der Person liest, die ihm die Tür öffnet, einerlei, ob es Mann, Frau oder Kind, ob das Gesicht freundlich oder mürrisch, freigebig oder geizig, gutmütig oder boshaft, schwarz oder weiß, von Rassenvorurteilen geprägt oder von brüderlichem Geist beseelt, von Kurzsichtigkeit oder Weitblick, oder was es sonst sein kann, gezeichnet ist. Ich habe oft gedacht, daß ich meine Erfolge als Schriftsteller der Erfahrung zu verdanken haben muß, die ich in meinen Vagabundentagen gesammelt habe. Um die Nahrung zu erhalten, die ich zum Leben brauchte, war ich genötigt, Geschichten zu erzählen, die wahrscheinlich klangen. Wenn man, von einem

unerbittlichen Zwange getrieben, an der Küchentür steht, entwickelt sich die Fähigkeit, zu überzeugen und aufrichtig zu wirken, die von den Kritikern als erste Voraussetzung, gute Erzählungen zu schreiben, betrachtet wird. Ich bin auch fest davon überzeugt, daß es meine Lehrzeit als Vagabund war, die mich zu einem Realisten gemacht hat. Realismus ist die einzige Ware, die man gegen Nahrungsmittel an der Küchentür eintauschen kann. Kunst, sagt man, ist nur vollendete Kunstfertigkeit, und Kunstfertigkeit hat schon manche »Geschichte« gerettet. Ich weiß noch, wie ich einmal auf einer Polizeistation in Winnipeg (Manitoba) log. Ich wollte mit der Kanada-Pazifik-Bahn nach dem Westen. Natürlich verlangte die Polizei eine Geschichte, und die erfand ich denn auch – stehenden Fußes. Sie waren Landratten, mitten im Festlande, also was konnte ich Besseres tun, als eine Geschichte von der See erzählen? Dabei konnten sie mich nie fangen. Und so erzählte ich ihnen denn eine herzerweichende Geschichte von meinem Leben auf dem Höllenschiff »Glenmore«. (Ich hatte die »Glenmore« einmal in San Francisco vor Anker liegen sehen.) Ich wäre englischer Schiffsjunge, sagte ich. Aber da sagten sie, ich spräche nicht wie ein Engländer, und so mußte ich sofort eine neue Geschichte erfinden. Ich wäre in den Vereinigten Staaten geboren und erzogen worden. Dann wären meine Eltern gestorben, und man hätte mich zu meinen Großeltern nach England geschickt. Die hätten mich auf die »Glenmore« gegeben. Ich hoffe, der Kapitän der »Glenmore« wird es mir verzeihen, daß ich seinen guten Namen an jenem Abend auf der Polizeistation in Winnipeg angeschwärzt habe. Solche Grausamkeit! Solche Roheit! So teuflisch in der Erfindung von Strafen! Das erklärte, daß ich von der »Glenmore« weggelaufen war, als sie in Montreal lag.

Aber weshalb ich mich denn mitten in Kanada befände und nach dem Westen wollte, wenn meine Großeltern in England wohnten? Ich erdichtete sofort eine verheiratete Schwester in Kalifornien. Sie würde für mich sorgen. Ich verbreitete mich weitläufig über ihr liebevolles Gemüt. Aber sie waren noch nicht mit mir fertig, diese hartherzigen Polizisten. Ich war in England auf die »Glenmore« gekommen; was hatte ich in den beiden Jahren getan, ehe ich weggelaufen war, was hatte die »Glenmore« getan, und wo war sie gewesen? Und so hatte ich mit diesen Landratten eine Reise um die Welt unternommen. Von gewaltigen Seen umhergeworfen, während der Schaum ihnen das Gesicht peitschte, hatten sie mit mir gegen einen Orkan an der japanischen Küste angekämpft. Sie luden und löschten mit mir in allen Häfen der sieben Meere. Ich nahm sie mit nach Indien, Rangoon und China, ließ sie mir das Eis bei Kap Hoorn aufbrechen, und schließlich vertäuten wir in Montreal.

Und dann sagten sie, ich sollte einen Augenblick warten, und einer der Polizisten ging in die Nacht hinaus, während ich mich am Ofen wärmte und mir

den Kopf darüber zerbrach, was sie mir jetzt für eine Falle stellen würden.
Ich stöhnte inwendig, als ich ihn auf den Fersen des Polizisten zur Tür hereinkommen sah. Diese winzigen Goldringe in seinen Ohren waren kein Zigeunerschmuck, diese Haut war nicht vom Präriewind zu runzligem Leder verwittert, und nicht Schneegestöber und Bergeshänge hatten seinen Gang so wiegend gemacht. In diesen Augen, die mich jetzt anblickten, sah ich den unverkennbaren Sonnenglanz des Meeres. Ach, das war eine schwere Aufgabe für mich! Hier standen fünf oder sechs Polizisten und sahen mich an – und ich hatte nie das Chinesische Meer befahren, war nie bei Kap Hoorn gewesen, hatte nie Indien und Rangoon gesehen.
Ich war verzweifelt. Der Zusammenbruch grinste mich an in Gestalt dieses alten verwitterten Seebären mit den goldenen Ringen in den Ohren. Wer war er? Was war er? Das mußte ich ergründen, ehe er mich ergründete. Ich mußte eine neue Richtung einschlagen, sonst gaben mir diese bösen Polizisten die Richtung an, in eine Zelle, vor Gericht, in andre Zellen. Wenn er mich fragte, ehe ich wußte, wieviel er wußte, so war ich verloren.
Aber glauben Sie, daß ich etwas von der verzweifelten Lage, in der ich mich befand, vor diesen wachsamen Hütern des öffentlichen Wohles von Winnipeg verriet? Nicht die Spur. Ich begegnete dem alten Seemann froh und lächelnd, mit all der gut gespielten Erleichterung über die Befreiung aus einer

Gefahr, die ein Ertrinkender an den Tag legen mag, wenn er in seinem letzten Verzweiflungskampf einen Retter findet. Hier war ein Mann, der mich verstand, und der den Bluthunden, die mich nicht verstanden, meine wahre Geschichte bestätigen würde, das war die Rolle, die ich zu spielen hatte. Ich bemächtigte mich seiner, bombardierte ihn mit Fragen über ihn selber. In Gegenwart meiner Richter wollte ich den Charakter meines Retters erforschen, ehe er mich rettete.

Er war ein freundlicher Seemann – eine »leichte Beute«. Die Polizisten wurden ungeduldig, als ich ihn so ausfragte. Zuletzt sagte einer von ihnen, ich sollte den Mund halten. Ich hielt den Mund; aber während ich den Mund hielt, dichtete ich eifrig, arbeitete fieberhaft an dem Text für den nächsten Akt. Ich hatte genug erfahren, um vorläufig mit ihm fertig zu werden. Er war Franzose. Er war immer auf französischen Kauffahrteischiffen gefahren, mit Ausnahme einer einzigen Reise auf einem englischen Segler. Und schließlich – welches Glück! – war er seit zwanzig Jahren nicht mehr auf See gewesen.

Der Polizist bat ihn, mich nachdrücklich zu verhören.

»Du hast Rangoon angelaufen?« fragte er.

Ich nickte. »Wir mußten den dritten Steuermann an Land schicken. Fieber.«

Hätte er mich gefragt, welche Art Fieber, so würde ich »gastrisches« gesagt haben, obgleich ich keine

Ahnung hatte, was gastrisches Fieber war. Aber das fragte er nicht. Statt dessen war seine nächste Frage:

»Und wie ist Rangoon?«

»Wie es sein soll. Es regnete ziemlich stark, als wir da waren.«

»Hast du Landurlaub gehabt?«

»Gewiß«, antwortete ich. »Drei von uns Schiffsjungen waren zusammen in der Stadt.«

»Erinnerst du dich des großen Tempels?«

»Welches Tempels?« wich ich aus.

»Des großen, oben auf der Treppe.«

Ich wußte, hätte ich mich des Tempels erinnert, so wäre ich genötigt worden, ihn zu beschreiben. Ein gähnender Schlund öffnete sich vor mir.

Ich schüttelte den Kopf.

»Du kannst ihn vom Hafen aus sehen«, sagte er. »Man braucht nicht einmal Landurlaub, um ihn zu sehen.«

Nie in meinem Leben habe ich mich so über einen Tempel geärgert. Aber mit dem Tempel in Rangoon wurde ich doch fertig.

»Er ist nicht vom Hafen aus zu sehen«, widersprach ich. »Er ist auch weder von der Stadt noch oben von der Treppe aus zu sehen, weil« – ich machte eine Pause, um die Wirkung zu steigern – »weil gar kein Tempel da ist.«

»Ich habe ihn aber mit eigenen Augen gesehen!« rief er.

»Wann war das?« forschte ich.

»Einundsiebzig.«
»Aber der ist doch bei dem großen Erdbeben achtzehnhundertundsiebenundachtzig zerstört worden«, erklärte ich. »Er war sehr alt.«
Es trat eine Pause ein. Er versuchte eifrig, sich das Bild des schönen Tempels am Meere, den er in seiner Jugend gesehen hatte, vor seine alten Augen zurückzurufen.
»Die Treppe ist noch da«, sagte ich, gleichsam um ihm zu helfen. »Man kann sie vom Hafen aus sehen. Und erinnern Sie sich der kleinen Insel rechts von der Hafeneinfahrt?« Ich denke mir, daß dort irgendwo eine Insel gewesen war (ich war entschlossen, sie gegebenenfalls auf die linke Seite zu versetzen), denn er nickte. »Die ist weg«, sagte ich. »Sieben Faden Wasser, wo sie lag.«
Ich konnte einen Augenblick Atem schöpfen. Während er darüber nachgrübelte, wie die Zeit alles verändert, bereitete ich mich auf den Rest meiner Geschichte vor.
»Kennen Sie das Zollgebäude in Bombay?«
Er kannte es.
»Bis auf den Grund abgebrannt«, teilte ich ihm mit.
»Kennst du Jim Wan?« drang er auf mich ein.
»Tot«, sagte ich; aber ich hatte nicht die leiseste Ahnung, wer Jim Wan war.
Jetzt befand ich mich wieder auf Glatteis.
»Kennen Sie Billy Harper in Schanghai?« fragte ich meinerseits schnell.
Der alte Seemann dachte angestrengt nach, um sich

Billy Harpers zu erinnern, aber diese Ausgeburt meiner Phantasie war zuviel für sein geschwächtes Gedächtnis.

»Selbstverständlich kennen Sie Billy Harper«, sagte ich eindringlich. »Den kennt doch jedermann. Er ist seit vierzig Jahren dort. Na ja, und er ist immer noch da, das ist alles, was ich darüber sagen kann.«

Und da geschah das Wunderbare. Der Seemann erinnerte sich Billy Harpers. Vielleicht gab es einen Billy Harper, und vielleicht hatte er vierzig Jahre in Schanghai gelebt und war noch da, aber ich hörte jedenfalls zum erstenmal von ihm.

Eine gute halbe Stunde sprachen der Seemann und ich weiter auf diese Art. Schließlich sagte er zu den Polizisten, ich wäre der, für den ich mich ausgäbe, und nachdem ich freies Logis für die Nacht und Frühstück erhalten hatte, wurde ich in Freiheit gesetzt und konnte nach San Francisco zu meiner verheirateten Schwester fahren.

Aber nun zurück zu der Frau in Reno, die mir in der Dämmerung die Tür öffnete. Sobald ich den ersten Schimmer ihres freundlichen Gesichtes sah, war mir gleich klar, wie ich mich zu verhalten hatte. Ich wurde ein lieber, unschuldiger, unglücklicher Junge. Ich konnte nichts herausbringen. Ich öffnete den Mund und schloß ihn wieder. Noch nie hatte ich einen Menschen um Essen gebeten. Ich, der ich das Fechten als eine angenehme, lustige Beschäftigung betrachtete, machte aus mir einen braven Bürgerknaben, mit der ganzen Moral des Bürgerstandes

belastet. Und ich versuchte, mein Gesicht in müde und traurige Falten zu legen, wie es sich für einen treuherzigen, hungrigen Burschen schickte, der nicht gewohnt war, zu betteln.
»Sie sind hungrig, armer junger Mann«, sagte sie. Ich hatte sie dazu gebracht, das erste Wort zu sprechen. Ich nickte und schluckte.
»Es ist das erstemal, daß ich je ... gebettelt habe«, sagte ich mit zitternder Stimme.
»Kommen Sie herein!« Die Tür wurde weit geöffnet. »Wir haben selbst gerade fertiggegessen, aber es ist noch Feuer auf dem Herde, und ich kann Ihnen schnell etwas machen.«
Als ich ins Licht trat, betrachtete sie mich forschend. »Ich wünschte, mein Junge wäre so gesund und stark wie Sie«, sagte sie. »Aber er ist nicht stark. Manchmal fällt er hin. Gerade heute nachmittag ist er wieder hingefallen und hat sich bös gestoßen, der arme Junge!«
In ihrer Stimme lag eine unsagbare Mütterlichkeit und Milde, und ich sehnte mich sehr, teil daran zu haben. Ich sah ihn an. Er saß dünn und blaß, mit verbundenem Kopfe an der anderen Seite des Tisches. Er regte sich nicht, aber seine Augen, die im Schein der Lampe schimmerten, ruhten anhaltend und verwundert auf mir.
»Gerade wie mein armer Vater«, sagte ich. »Er hatte die Fallsucht. Eine Art Schwindel. Die Ärzte waren ratlos. Sie konnten nicht herausbekommen, was mit ihm los war.«

»Ist er tot?« fragte die Frau sanft und legte mir ein halbes Dutzend weichgekochte Eier vor.
»Tot«, schluchzte ich. »Vor vierzehn Tagen. Ich war bei ihm, als es geschah. Wir wollten über eine Straße gehen. Auf einmal fiel er hin. Er kam nicht wieder zum Bewußtsein. Man trug ihn in eine Apotheke, und dort starb er.«
Und so verbreitete ich mich über die mitleiderregende Geschichte meines Vaters – wie er mit mir nach dem Tode meiner Mutter den Hof verlassen hatte und nach San Francisco gegangen war; wie seine Pension (er war alter Soldat) nicht ausreichte, und wie er sein Glück als Buchhändler versucht hatte. Auch von meinen traurigen Erlebnissen in den wenigen Tagen nach seinem Tode erzählte ich, die ich allein und verlassen in den Straßen San Franciscos verbracht hatte. Die gute Frau briet Speck und kochte noch mehr Eier, und ich aß alles, was sie mir vorsetzte, und dabei verbreitete ich mich mit immer größerer Beredsamkeit über den armen elternlosen Jungen. Immer mehr Einzelheiten erzählte ich. Ich wurde wirklich dieser arme Junge. Ich hätte selbst über mich weinen können. Ich weiß, daß meine Stimme zuweilen von Tränen erstickt war. Es war sehr wirkungsvoll.
Tatsächlich: bei jedem neuen Zuge, mit dem ich das Bild ausstattete, gab mir die gute Seele mehr. Sie packte mir etwas zum Mitnehmen ein, viele gekochte Eier, Pfeffer und Salz und einen großen Apfel. Sie versah mich mit drei Paar dicken rohwol-

lenen Socken. Sie schenkte mir reine Taschentücher und andere Sachen, die ich vergessen habe. Und unterdessen gab sie mir immer mehr zu essen, und ich stopfte immer mehr in mich hinein. Ich fraß wie ein Wilder, aber es war doch eine weite Strecke in einem blinden Güterwagen über die Sierra, die vor mir lag, und ich wußte nicht, wann und wo ich das nächste Mal etwas zu essen bekommen würde. Und die ganze Zeit über saß ihr eigener unglücklicher Junge, wie ein Totenkopf beim Feste, stumm und unbeweglich da und starrte mich von der andern Seite des Tisches an. Für ihn stellte ich wohl die Mystik, die Romantik, das Abenteuer dar – alles, was ihm bei seiner schwach zuckenden Lebensflamme versagt war. Und doch schoß es mir ein paarmal durch den Kopf, daß er mich vielleicht bis auf den Grund meiner verlogenen Seele durchschaut hätte.

»Wohin gehen Sie jetzt?« fragte die gute Frau mich.

»Nach Salt Lake City«, sagte ich. »Dort habe ich eine Schwester, eine verheiratete Schwester.« (Ich dachte nach, ob ich sie zur Mormonin machen sollte, ließ es dann aber bleiben.) »Ihr Mann ist Unternehmer.«

Nun wußte ich gut, daß Unternehmer in der Regel viel Geld verdienen. Aber ich hatte es einmal gesagt. Ich mußte es nach Möglichkeit wieder gutmachen.

»Sie würden mir das Reisegeld geschickt haben, wenn ich darum gebeten hätte«, erklärte ich, »aber sie haben Krankheit und geschäftliches Unglück gehabt. Sein Kompagnon hat ihn betrogen. Und da wollte ich nicht schreiben und um Geld bitten. Ich wußte, daß ich schon irgendwie hinkommen würde. Ich ließ sie in dem Glauben, daß ich genug hätte, um nach Salt Lake City zu kommen. Sie ist lieb und gut. Sie ist immer gut gegen mich gewesen. Ich denke, ich werde zu meinem Schwager in die Lehre kommen und später in sein Geschäft eintreten. Sie haben zwei Töchter. Die sind jünger als ich. Eine ist noch ganz klein.«

Von allen verheirateten Schwestern, die ich über die Vereinigten Staaten ausgestreut habe, ist die Schwester in Salt Lake City sicher die beste. Sie steht ganz lebendig vor mir. Wenn ich von ihr erzähle, kann ich sie, ihre beiden kleinen Mädchen und ihren Mann, den Unternehmer, gleichsam vor mir sehen. Sie ist eine große, mütterliche Frau, die ein wenig stark zu werden beginnt, wie es oft der Fall bei gutmütigen Frauen ist, die gut kochen können und nie böse werden. Sie ist dunkel. Ihr Mann ist ein ruhiger, bequemer Mensch. Manchmal ist mir fast, als kennte ich ihn. Und wer weiß, ob ich ihm nicht eines Tages begegnen werde? Wenn der alte Seemann sich Billy Harpers erinnern konnte, so sehe ich nicht ein, warum ich nicht eines Tages dem Unternehmer begegnen sollte, der mit meiner Schwester verheiratet ist, die in Salt Lake City wohnt.

Andererseits habe ich das sichere Gefühl, daß ich

nie meinen vielen Eltern und Großeltern begegnen werde – denn sehen Sie, die habe ich unweigerlich ums Leben gebracht. Ein Herzleiden war meine Lieblingsmethode, um meine Mutter loszuwerden, aber in geeigneten Fällen habe ich sie auch an Schwindsucht, Lungenentzündung und Typhus sterben lassen. Allerdings: die Polizei in Winnipeg kann bezeugen, daß ich Großeltern habe, die in England wohnen; aber das ist lange her, und warum sollten sie nicht seither gestorben sein? Auf jeden Fall haben sie mir nie geschrieben.
Ich hoffe, daß die Frau in Reno diese Zeilen lesen und mir meine Frechheit und Verlogenheit verzeihen wird. Ich entschuldige mich nicht, denn ich schäme mich nicht. Es waren Jugend, Lebensfreude und heiße Abenteuerlust, die mich an ihre Tür führten. Es tat mir gut. Es lehrte mich, wie herzensgut Menschen sein können. Ich hoffe auch, daß es ihr guttat. Jedenfalls kann sie einmal tüchtig lachen, wenn sie den wirklichen Zusammenhang erfährt. Für sie war meine Geschichte »wahr«. Sie glaubte an mich und meine ganze Familie und war von Sorge erfüllt bei dem Gedanken an die beschwerliche Reise, die meiner wartete, ehe ich nach Salt Lake City kam. Diese Besorgnis hätte mich fast in Verlegenheit gebracht. Gerade als ich, den Arm voller Pakete mit Essen und die Taschen von wollenen Socken strotzend, aufbrach, fiel ihr ein Onkel, Neffe oder ein sonstiger Verwandter ein, der bei der Post angestellt war und noch dazu mit demselben Zuge, mit dem

ich mich aus dem Staube machen wollte, ankommen sollte.
Das war eine schöne Bescherung! Sie wollte mich zum Bahnhof begleiten, ihm meine Geschichte erzählen und ihn veranlassen, mich im Postwagen zu verstecken. So käme ich ohne Gefahr und Mühe nach Ogden. Von dort seien es nur noch ein paar Meilen bis Salt Lake City. Das Herz sank mir. Sie wurde ganz erregt, setzte ihren Plan in allen Einzelheiten auseinander, und unglücklich, wie ich war, mußte ich tun, als wäre ich entzückt und begeistert über diese Lösung! Lösung! Ich hatte mich entschlossen, am Abend nach dem Westen zu reisen, und nun war ich gefangen und mußte nach dem Osten. Ja, geradezu gefangen, und ich wagte nicht, ihr zu erzählen, daß alles Lüge und Erfindung gewesen war. Und während ich auszusehen versuchte, als sei ich entzückt, zerbrach ich mir den Kopf, um einen Ausweg zu finden. Aber es gab keinen. Sie wollte mich selbst zum Postwagen bringen, und dann sollte mich der Postbeamte, der mit ihr verwandt war, nach Ogden mitnehmen. Und dann war ich gezwungen, mich diese Hunderte von Meilen Wüste zwischen den beiden Stationen wieder zurückzuschleppen.
Aber an diesem Abend stand mir das Glück bei. Gerade in dem Augenblick, als sie ihren Hut nehmen wollte, um mich zum Bahnhof zu begleiten, fiel ihr ein, daß sie sich geirrt hatte. Der Postbeamte, der mit ihr verwandt war, kam an diesem Abend

gar nicht durch die Stadt. Sein Zugplan war verändert. Er kam erst in zwei Tagen. Ich war gerettet, denn selbstverständlich erlaubte meine schrankenlose Jugend mir nicht, zwei Tage zu warten. Ich versicherte ihr mit großem Aufwand, daß ich schneller nach Salt Lake City käme, wenn ich gleich aufbräche, und verließ sie mit ihren Segenswünschen im Ohr.

Aber die wollenen Socken waren wirklich großartig. Ich trug ein Paar von ihnen, als ich in derselben Nacht auf dem »blinden« Güterwagen mit dem Überlandzuge nach dem Westen fuhr.

BLINDE PASSAGIERE

Wenn er kein Pech hat, kann ein tüchtiger, junger und gewandter Vagabund trotz aller Versuche des Zugpersonals, ihn zu »schmeißen«, an einem Zuge hängen, vorausgesetzt natürlich, daß es Nacht ist. Das ist unbedingt erforderlich. Wenn ein Vagabund dieser Art sich unter solchen Bedingungen zum Anhängen entschließt, so führt er es auch aus, wenn das Schicksal ihm nicht einen Streich spielt. Außer Mord hat das Zugpersonal keine gesetzlichen Mittel, ihn zu »schmeißen«. Daß das Zugpersonal nicht immer vor Mord zurückschreckt, ist ein allgemeiner Glaube in der Landstreicherwelt. Da ich jedoch in meiner Vagabundenzeit keine diesbezüglichen persönlichen Erfahrungen gemacht habe, kann ich nicht dafür einstehen.

Aber ich habe folgendes über die »schlechten« Linien gehört: Wenn ein Vagabund »nach unten gegangen« ist und der Zug sich in Bewegung gesetzt hat, gibt es offenbar keine Möglichkeit mehr, ihn zu vertreiben, ehe der Zug hält. Der Landstreicher, der bequem, von den vier Rädern und dem ganzen Rahmen umgeben, auf dem Wagengestell liegt, hat das Personal hinters Licht geführt – oder er glaubt es wenigstens, bis er eines Tages mal auf einer »schlechten« Linie fährt. Eine schlechte Linie ist in der Regel eine Eisenbahn, auf der vor kurzem einer oder mehrere Beamte von Vagabunden totgeschlagen worden sind. Gnade Gott dem Landstreicher, der auf einer solchen Linie unter dem Wagen gefaßt wird – denn gefaßt wird er, und wenn der Zug sechzig Meilen in der Stunde macht. Der Bremser nimmt einen Koppelungsbolzen und eine Signalschnur und geht auf die Plattform vor dem Wagen, unter dem der Vagabund hängt. Dann bindet er den Bolzen an die Schnur, läßt den Apparat zwischen die Plattformen fallen und wirft die Leine aus. Der Bolzen schlägt auf die Schwellen zwischen den Schienen, springt zurück gegen den Wagenboden und schlägt dann wieder gegen die Schwellen. Der Bremser läßt die Schnur hin und zurück, bald nach der einen, bald nach der andern Seite laufen, läßt ein wenig nach, holt wieder ein, so daß seine Waffe Gelegenheit zu jeder Art Stoß und Rückschlag erhält. Jeder Schlag des tanzenden Bolzens kann den Tod bringen, und bei einer Fahrt von sechzig Meilen in der Stunde trommelt er einen reinen Zapfenstreich des Todes. Am nächsten Tage findet man die Überreste des Landstreichers am Bahnkörper, und eine Zeile im Lokalblatt berichtet von dem Unbekannten, zweifellos einem Vagabunden, der vermutlich betrunken und wahrscheinlich auf dem Gleis eingeschlafen war.

Als ein kennzeichnendes Beispiel, wie ein gewandter Vagabund »anhängen« kann, möchte ich folgende Begebenheit erzählen: Ich war in Ottawa und wollte mit der Kanada-Pazifik-Bahn nach dem Westen. Eine Fahrt von dreitausend Meilen lag vor mir; es war Herbst, und ich mußte über Manitoba und die Rocky Mountains. Kaltes Wetter war zu erwarten, und der geringste Aufschub hätte die Reise nur noch kälter und beschwerlicher gemacht. Dazu kam, daß ich schlechter Laune war. Die Entfernung zwischen Montreal und Ottawa beträgt hundertundzwanzig Meilen. Das mußte ich wohl wissen, denn ich hatte eben die Strecke zurückgelegt und sechs Tage dazu gebraucht. Durch ein Versehen war ich von der Hauptstrecke abgeirrt und auf eine kleine Seitenlinie gekommen, auf der nur zwei Lokalzüge täglich verkehrten. Und die sechs Tage hatte ich von trockenem Brot gelebt, das ich, nicht einmal reichlich, von den französischen Bauern erbettelt hatte.

Mein Ärger wuchs noch, weil ich den ganzen Tag, den ich in Ottawa verbrachte, herumlaufen mußte, um mir Kleidung für die lange Reise zu verschaffen. Ich möchte hier einschieben, daß Ottawa die Stadt ist, wo es am schwersten ist, sich Kleidung zu erbetteln; die andere große Ausnahme ist Washington.

Diese schöne Stadt ist der Höhepunkt. Dort verbrachte ich einmal vierzehn Tage mit vergeblichen Versuchen, mir ein Paar Schuhe zu erbetteln, und schließlich mußte ich nach Jersey City reisen, ehe ich sie bekam.

Doch zurück nach Ottawa. Pünktlich um acht Uhr morgens begann meine Kleiderjagd. Ich arbeitete energisch den ganzen Tag. Ich schwöre, daß ich vierzig Meilen lief. Ich besuchte tausend Hausfrauen und nahm mir nicht einmal die Zeit, um Mittagessen zu fechten. Und um sechs Uhr nachmittags, nach zehn Stunden unablässiger, harter Arbeit, fehlte mir noch ein Hemd, während die Hosen, die ich endlich ergattert hatte, zu eng waren und dazu alle Anzeichen einer baldigen Auflösung trugen.

Um sechs Uhr stellte ich die Arbeit ein und steuerte auf das Eisenbahngelände los, in der Erwartung, unterwegs etwas zu essen zu bekommen. Aber ich war immer noch vom Unglück verfolgt. In einem Haus nach dem andern wurde ich abgewiesen. Endlich bekam ich ein »Futterpaket«. Meine Laune besserte sich gleich, denn es war das größte Futterpaket, das ich je in meinem langen, ereignisvollen Leben gesehen hatte.

Es war in Zeitungspapier gewickelt und so groß wie ein ausgewachsener Handkoffer. Ich machte, daß ich auf ein unbebautes Grundstück kam, und öffnete es. Das erste, was ich sah, war Kuchen, immer mehr Kuchen, alle Arten Kuchen und wieder Kuchen.

Es war alles Kuchen. Kein Butterbrot mit ordentlichen Fleischstücken – nichts als Kuchen, und ich verabscheute auf der ganzen Welt nichts so sehr wie Kuchen! Ich armer Bursche setzte mich auf einen Baugrund in der stolzen Hauptstadt Kanadas und weinte ... über einen Berg Kuchen. Wie man das Antlitz eines toten Sohnes betrachtet, so betrachtete ich diese Menge verschiedenen Backwerks. Ich war wohl ein undankbarer Landstreicher, daß ich mich nicht des Überflusses freute, von dem mir eine Familie geschenkt hatte, bei der am Abend zuvor Gesellschaft gewesen war. Den Gästen hatte der Kuchen offenbar auch nicht geschmeckt.

Dieser Kuchen bezeichnete jedoch den Wendepunkt in meinem Schicksal. Schlimmer konnte es nicht werden; jetzt mußten bessere Zeiten kommen. Und sie kamen denn auch. Im nächsten Hause wurde ich »hereingebeten«. Und das »Hereingebetenwerden« ist der Höhepunkt der Glückseligkeit. Man kommt unter Dach und Fach, hat gewöhnlich Gelegenheit, sich zu waschen und an einem richtigen Tische zu essen. Vagabunden lieben es, die Beine unter einen Tisch zu strecken. Das Haus war geräumig und gut eingerichtet und lag inmitten eines großen Gartens mit schönen Bäumen, ein gutes Stück von der Straße ab. Man hatte gerade fertiggegessen, und ich wurde ins Speisezimmer geführt – an sich schon etwas höchst Ungewöhnliches, da Vagabunden, die das Glück haben, »hereingebeten zu werden«, in der Regel in der Küche essen müssen. Ein grauhaariger, liebenswürdiger Engländer, seine matronenhafte Gattin und eine hübsche, lebhafte junge französische Dame unterhielten mich, während ich aß. Als ich den Bahnhof erreichte, fand ich zu meinem großen Ärger eine Bande von mindestens zwanzig Vagabunden vor, die alle darauf warteten, auf dem »blinden« Güterwagen des Überlandzuges zu fahren. Nun lasse ich mir zwei oder drei Vagabunden auf einem »Blinden« gefallen. Die bemerkt man nicht. Aber zwanzig! Das mußte zu Unannehmlichkeiten führen. Kein Zugpersonal würde uns alle fahren lassen.

Ich möchte hier gleich erklären, was ein »Blinder« ist. Gewisse Postwagen sind ohne Türen an den Schmalseiten gebaut; daher werden sie blind genannt. Gesetzt nun, ein Vagabund ist, nachdem sich der Zug in Bewegung gesetzt hat, auf die Plattform eines blinden Wagens gesprungen, so kann kein Schaffner oder Bremser kommen und das Geld für die Fahrkarte verlangen oder ihn herunterschmeißen. Es ist klar: der Vagabund ist vollkommen sicher, bis der Zug das nächste Mal hält. Dann muß er abspringen, in der Dunkelheit vor den Zug laufen und, wenn er vorbeikommt, wieder auf den »Blinden« springen. Aber es gibt viele Arten, es zu machen, wie wir sehen werden.

Als der Zug zum Bahnhof hinausfuhr, stürzten sich die Vagabunden auf die drei »Blinden«. Einige krochen hinauf, als der Zug noch keine Wagenlänge vom Bahnhof entfernt war. Das waren Anfänger, und ich sah denn auch, wie sie mit größter Schnelligkeit wieder herunterflogen. Selbstverständlich hatte das Zugpersonal aufgepaßt, und als der Zug das erstemal hielt, ging der Spektakel los. Ich sprang ab und lief ein Stück an den Schienen entlang voraus. Ich bemerkte, daß mir mehrere Vagabunden auf den Hacken waren. Sie wußten offenbar gut Bescheid, wie man es machen mußte. Wenn man sich an einen Überlandzug »anhängen« will, muß man an den Haltestellen immer ziemlich weit vorauslaufen. Ich tat es, und allmählich gab einer nach dem andern von denen, die mir folgten, den Wettlauf auf. Aus der Art, wie sie zurückblieben, konnte man auf ihre Gewandtheit und ihren Mut im Aufspringen auf einen Zug schließen.

Das muß nämlich folgendermaßen gemacht werden: Wenn der Zug sich in Bewegung setzt, fährt der Bremser auf dem »Blinden« zum Bahnhof hinaus. Um zu den andern Wagen zurückzukommen, muß er von dem »Blinden« abspringen und die Plattform eines nichtblinden Wagens entern. Wenn der Zug also die Schnelligkeit erreicht hat, die der Bremser für gut befindet, springt er von dem »Blinden« herunter, läßt ein paar Wagen vorbeifahren und springt dann wieder auf. Und deshalb muß der Vagabund so weit vorauslaufen, daß der Bremser den »Blinden« schon verlassen hat, wenn er aufspringt.

Ich hatte einen Vorsprung von ungefähr fünfzig Fuß vor dem letzten Vagabunden und wartete nun. Der Zug setzte sich in Bewegung. Ich sah die La-

terne des Bremsers auf dem ersten »Blinden«. Und ich sah die Dummköpfe verlassen neben dem Gleis stehen, während der »Blinde« vorbeifuhr. Sie versuchten gar nicht erst, hinaufzukommen. Dann kamen, weiter vorn, die Vagabunden, die einigermaßen wußten, was man zu tun hatte. Sie ließen den ersten »Blinden«, auf dem der Bremser stand, vorbeifahren und sprangen dann auf den zweiten und dritten. Natürlich sprang der Bremser vom ersten »Blinden« ab und auf den zweiten, und während der Zug weiterfuhr, räumte er auf und warf die Hinaufgesprungenen wieder hinunter. Aber die Hauptsache war, den andern so weit vorauszukommen, daß der Bremser den ersten »Blinden«, wenn er bei mir vorüberkam, schon verlassen hatte und sich in einem eifrigen Handgemenge mit den Vagabunden auf dem zweiten »Blinden« befand. Ein halbes Dutzend der geübteren Vagabunden, die weit genug vorausgelaufen waren, gelangten denn auch auf den ersten »Blinden«.
Als wir das erstemal hielten und am Gleis entlang vorliefen, zählte ich nur fünfzehn Vagabunden. Fünf von uns waren »geflogen«. Die Ausrottungsarbeit war also gut im Gange und wurde Station auf Station fortgesetzt. Jetzt waren wir vierzehn, dann neun, schließlich acht. Es erinnerte mich an die zehn Negerlein im Kinderlied. Ich war fest entschlossen, das letzte Negerlein zu sein. Und warum auch nicht? War ich nicht mit Kraft, Gewandtheit und Jugend gesegnet? Ich war achtzehn Jahre alt

und in glänzender Form. Und Nerven hatte ich auch nicht. War ich nicht zudem ein Vagabund von Gottes Gnaden? Waren die andern nicht die reinen Dummköpfe und Anfänger neben mir? Wenn ich nicht das letzte Negerlein wurde, so konnte ich ebensogut das ganze Spiel aufgeben und mich auf irgendeiner Farm anstellen lassen.

Mit der Zeit war unsere Zahl auf vier vermindert worden, und nun begann sich das ganze Zugpersonal dafür zu interessieren. Es wurde ein Kampf zwischen Witz und Gewandtheit, bei dem die Bremser natürlich die besseren Aussichten hatten. Einer nach dem andern verschwand, bis ich schließlich allein übrig war. Nun ja, ich war nicht wenig stolz darauf! Kein Krösus ist je stolzer auf seine erste Million gewesen. Ich hing fest trotz der beiden Bremser, eines Schaffners, eines Heizers und eines Lokomotivführers.

Hier ein paar Beispiele, wie ich mich anhängte: Weit voraus in der Dunkelheit – so weit, daß der Bremser, der auf dem »Blinden« fährt, ihn bestimmt verlassen hat – springe ich auf. Schön, bis zur nächsten Station bin ich sicher. Dann wiederhole ich das Manöver. Der Zug fährt zum Bahnhof hinaus. Ich sehe ihn herankommen. Es ist kein Licht zu sehen auf dem »Blinden«. Hat das Personal den Kampf aufgegeben? Ich weiß es nicht. Das weiß man nie, und man muß immer auf alles vorbereitet sein. Sobald der »Blinde« neben mir ist, springe ich auf und strenge meine Augen an, um zu sehen,

ob der Bremser auf der Plattform steht. Vielleicht steht er tatsächlich mit abgeblendeter Laterne da, um sie mir an den Kopf zu schlagen. Ich kenne das! Ich habe zwei- oder dreimal eine Laterne an den Kopf bekommen.
Aber nein, der erste »Blinde« ist leer. Der Zug beschleunigt seine Fahrt. Jetzt bin ich sicher bis zur nächsten Station. Aber bin ich wirklich sicher? Ich spüre, wie der Zug seine Schnelligkeit vermindert. Im selben Augenblick bin ich auf der Hut. Man führt etwas im Schilde gegen mich, und ich weiß nicht, was. Ich versuche, nach beiden Seiten gleichzeitig Ausguck zu halten, und vergesse auch nicht, den Tender vor mir zu beobachten. Von jeder dieser drei Seiten, vielleicht auch von allen dreien auf einmal, kann der Angriff erfolgen.
Ah, jetzt kommt es! Der Bremser ist auf der Lokomotive gefahren. Das wird mir erst in dem Augenblick klar, als er seine Füße auf das rechte Trittbrett des »Blinden« setzt. Wie der Blitz bin ich unten und laufe vor die Lokomotive. Ich verschwinde im Dunkel. Genau so war die Situation, als der Zug Ottawa verließ. Jedenfalls bin ich vorn, und der Zug muß an mir vorbeifahren, wenn er seine Reise fortsetzt. Meine Chancen, hinaufzuspringen, sind so gut wie je.
Ich passe genau auf. Ich sehe, wie eine Laterne sich auf die Lokomotive zu bewegt, und sehe sie nicht wieder zurückkommen. Folglich muß sie sich noch auf der Lokomotive befinden, und es liegt nahe, daß

an dem Handgriff der Laterne ein Bremser hängt. Dieser Bremser muß faul sein, sonst hätte er seine Laterne ausgelöscht, als er nach vorn ging, statt nur die Hand vorzuhalten. Der Zug fährt wieder schneller. Der erste »Blinde« ist leer, und es gelingt mir, hinaufzukommen. Wie zuvor, fährt der Zug langsamer, der Bremser von der Lokomotive klettert von der einen Seite auf den »Blinden« hinauf, und ich springe auf der andern Seite herunter und laufe vor.

Wie ich im Dunkel warte, fühle ich mich von unsagbarem Stolz durchbebt. Der Überlandzug hat zweimal meinetwegen gehalten – meinetwegen, des armseligen Landstreichers auf der Walze. Ich allein habe zweimal den Überlandzug mit seinen vielen Passagieren und Wagen, seiner Regierungspost und seinen zweitausend Pferdekräften, die in der Lokomotive arbeiten, aufgehalten. Und dabei wiege ich nur hundertsechzig Pfund und habe keine fünf Cent in der Tasche.

Wieder sehe ich, wie die Laterne zur Lokomotive kommt. Aber diesmal ganz offensichtlich. Ein wenig zu offensichtlich für meinen Geschmack, und ich denke nach, was das bedeuten kann. Auf jeden Fall habe ich etwas andres zu fürchten als den Bremser auf der Lokomotive. Der Zug fährt vorbei. Im letzten Augenblick, ehe ich den Sprung wage, sehe ich eine dunkle Gestalt auf dem ersten »Blinden« – einen Bremser ohne Licht. Ich lasse ihn vorbeifahren und will auf den zweiten »Blinden« springen. Aber der Bremser vom ersten ist abgesprungen und läuft hinter mir her. Im Fluge sehe ich auch die Laterne jenes Bremsers, der sich auf der Lokomotive befand. Er ist ebenfalls abgesprungen, und nun sind beide Bremser neben dem Gleis, auf derselben Seite wie ich. Im nächsten Augenblick kommt der dritte »Blinde« an mir vorbei, und ich springe hinauf. Aber ich bleibe nicht oben. Ich habe meinen Gegenzug berechnet. Ich laufe über die Plattform und höre im selben Augenblick, wie der Bremser auf das Trittbrett springt. Ich springe auf der andern Seite ab und laufe in der Richtung des Zuges nach vorn. Ich will einen kleinen Vorsprung bekommen und dann auf den ersten »Blinden« springen. Es gelingt mir gerade noch im letzten Augenblick, denn der Zug beschleunigt jetzt seine Fahrt. Der Bremser ist mir wieder auf den Hacken und läuft weiter. Ich glaube, daß ich der bessere Schnelläufer von uns beiden bin, denn ich erreiche den ersten »Blinden«. Ich stehe auf dem Trittbrett und sehe mich nach meinem Verfolger um. Er ist nur zehn Fuß hinter mir und läuft schnell, aber die Schnelligkeit des Zuges ist jetzt ungefähr ebenso groß wie seine eigene, und der Abstand zwischen ihm und mir verringert sich nicht. Ich rede ihm ermutigend zu, strecke die Hand aus, um ihm zu helfen; aber er bricht in einen mächtigen Fluch aus, gibt den Kampf auf und springt ein paar Wagen weiter hinten auf den Zug.

Der Zug fährt jetzt mit voller Fahrt, und ich lache

vor mich hin, als ich ganz unvorbereitet von einem Wasserstrahl getroffen werde. Es ist der Heizer, der von der Lokomotive aus den Wasserschlauch auf mich richtet. Ich gehe auf das hinterste Trittbrett des Tenders, wo ich unter dem vorspringenden Dach vollkommen geschützt bin. Das Wasser fährt über meinen Kopf hin, ohne mir etwas zu tun. Es juckt mir in den Fingern, dem Heizer ein Stück Kohle an den Kopf zu werfen, aber ich weiß, daß ich, wenn ich es tue, von ihm und dem Lokomotivführer totgeschlagen werde, darum beherrsche ich mich.

Kaum hält der Zug das nächste Mal, so bin ich wieder unten und laufe in der Dunkelheit nach vorn. Als der Zug diesmal die Station verläßt, befinden sich beide Bremser auf dem ersten »Blinden«. Ich errate, was sie vorhaben. Der Wiederholung des Spiels von vorhin haben sie einen Riegel vorgeschoben. Ich kann nicht wieder auf den zweiten Wagen springen, auf die andere Seite laufen und dann den ersten einholen. Sobald der erste »Blinde« vorüber ist, springen sie, jeder auf einer Seite des Zuges, ab. Ich aber springe auf den zweiten Wagen, und indem ich das tue, weiß ich, daß die Bremser mich jetzt von beiden Seiten angreifen werden. Es ist eine sichere Falle. Beide Auswege sind versperrt. Und doch gibt es noch einen Weg: nach oben. Darum warte ich nicht, bis meine Verfolger mich eingeholt haben. Ich klettere auf das eiserne Geländer der Plattform und stehe auf dem Rad der

Handbremse. Damit bin ich aber auch am Ende meiner Weisheit angelangt, und ich höre die Bremser von beiden Seiten die Stufen heraufstürmen. Ich lasse mir nicht die Zeit, mich nach ihnen umzusehen. Ich hebe die Arme über den Kopf, bis sie den Rand der herabgebogenen Wagendächer erreichen. Die eine Hand liegt natürlich auf dem einen, die andere auf dem andern Dache. Unterdessen kommen beide Bremser die Treppe herauf. Ich weiß es gut, obwohl ich keine Zeit habe, mich nach ihnen umzusehen, denn alles das geschieht im Laufe weniger Sekunden. Ich springe mit den Füßen ab und schwinge mich hoch. Gerade als ich die Beine unter mir hochziehe, strecken beide Bremser die Hände aus und greifen in die leere Luft. Ich weiß das sehr gut, denn ich blicke hinunter und verfolge mit Interesse ihre Bewegungen. Und ich höre sie auch fluchen.

So zwischen den äußersten Rändern der zwei abwärts gewölbten Wagendächer hängend, befinde ich mich jetzt in einer äußerst gefährlichen Stellung. Mit einer schnellen Anspannung aller Kräfte schwinge ich beide Beine auf das eine und beide Hände auf das andere Dach. Dann fasse ich den Rand, klettere über die Rundung auf das flache Dach, setze mich hin und schöpfe Luft, während ich mich die ganze Zeit an einem Ventilator, der über das Dach ragt, festhalte. Jetzt bin ich auf dem Dach – auf »Deck«, wie wir Vagabunden es nennen, und den hier beschriebenen Vorgang nennt man unter Brüdern »decken«. Und ich will noch sagen, daß nur ein junger, kräftiger Vagabund einen Passagierzug decken kann, und daß besagter junger, kräftiger Vagabund keine Nerven haben darf.

Der Zug fährt immer schneller, und ich weiß, daß ich sicher bin, bis er das nächste Mal hält, aber auch nur so lange. Ich weiß, daß die Bremser mich mit Steinen bombardieren werden, wenn ich nach dem Halten des Zuges noch auf dem Dache bin. Ein tüchtiger Bremser kann einen ziemlich schweren Stein auf das Wagendeck »fallen lassen« – einen Stein von, sagen wir, fünfundzwanzig Pfund Gewicht. Andererseits werden die Bremser sehr wahrscheinlich erwarten, daß ich an derselben Stelle, wo ich hinaufgekrochen bin, wieder herunterkomme, und ich muß also dafür sorgen, daß ich auf eine andere Plattform gelange.

In der stillen Hoffnung, daß die erste halbe Meile kein Tunnel kommt, stehe ich auf und gehe den Zug ein halbes Dutzend Wagen hinunter. Man darf nicht ängstlich sein, wenn man eine solche Reise macht. Die Dächer der Passagierwagen sind nicht für nächtliche Spaziergänge eingerichtet. Und wenn jemand glaubt, daß sie es doch sind, so rate ich ihm, es selbst einmal zu versuchen. Ich möchte ihn gern über das Dach eines rumpelnden, schleudernden Wagens spazieren sehen, wo es nichts gibt, an das er sich anklammern kann, als die dunkle leere Luft. Und wenn er dann an das

gewölbte Dachende kommt, das feucht und glatt vom Tau ist, so muß er schnell machen, daß er auf die nächste Dachwölbung gelangt, die auch feucht und glatt ist. Glauben Sie mir: wenn man das gemacht hat, so weiß man, ob das Herz in Ordnung ist, oder ob man zu Schwindel neigt.
Als der Zug sein Tempo ermäßigt, krieche ich auf eine Plattform, ein halbes Dutzend Wagen hinter der, auf die ich gesprungen war. Es ist niemand dort. Als der Zug hält, lasse ich mich zu Boden gleiten. Vorn, zwischen mir und der Lokomotive, sind zwei Laternen, die sich vor und zurück bewegen. Die Bremser sehen sich auf den Dächern nach mir um. Ich bemerke, daß der Wagen, neben dem ich stehe, vier Räder hat. (Wenn man »unten« auf dem Gestell fahren will, muß man sorgfältig die sechsrädrigen Wagen vermeiden – die bringen Unheil.) Ich ducke mich unter den Zug und krieche an den Stangen entlang. Es ist das erstemal, daß ich unter einen Zug der Kanada-Pazifik-Bahn gekrochen bin, und ich kenne seine innere Einrichtung noch nicht. Ich versuche, oben auf den Rahmen zwischen ihn und den Boden des Wagens zu kriechen, aber es ist nicht genügend Platz, daß ich mich hineinzwängen könnte. Das habe ich noch nie erlebt. In den Vereinigten Staaten ist man gewohnt, auf richtigen Schnellzügen »unten« zu fahren, und ich pflege es so zu machen, daß ich das Geländer fasse, die Füße nach der Bremsstange schwinge und von dort auf den Rahmen hinaufkrieche. Innerhalb des

Rahmens kann ich dann auf der Kreuzstange sitzen. Indem ich mich in der Dunkelheit immer weiter mit den Händen vorfühle, merke ich schließlich, daß zwischen der Bremsstange und der Erde Platz ist. Mit großer Mühe kann ich mich hineinzwängen. Ich muß mich flach hinlegen und durchwinden. Sobald ich innerhalb des Rahmens bin, setze ich mich auf die Stange und denke darüber nach, ob der Bremser jetzt wohl herauskriegt, wo ich geblieben bin. Der Zug setzt sich in Bewegung. Sie haben es endlich aufgegeben, nach mir zu suchen.

Aber haben sie es wirklich aufgegeben? Schon als wir das nächste Mal halten, sehe ich, wie eine Laterne unter den Rahmen gehalten wird, der dem meinen am nächsten ist, aber am andern Ende des Wagens. Sie suchen die Stangen ab, um mich zu finden. Ich muß schnell machen, daß ich wegkomme. Auf dem Bauche krieche ich unter die Bremsstange. Sie sehen mich und laufen mir nach, aber ich krieche auf Händen und Füßen quer über die Schienen nach der entgegengesetzten Seite und verstecke mich hier in dem schirmenden Dunkel. Wieder die alte Kriegslage. Ich bin wieder vor dem Zuge, und der Zug muß an mir vorbeifahren.

Der Zug fährt an. Auf dem ersten »Blinden« ist eine Laterne. Ich liege auf dem Boden und sehe den Bremser vorbeifahren und nach mir ausschauen. Auf dem zweiten »Blinden« ist auch eine Laterne. Der Bremser erblickt mich und ruft es dem Bremser, der auf dem ersten Wagen vorbeigefahren ist, zu.

Beide springen ab. Schön, dann muß ich eben den dritten »Blinden« nehmen. Aber – lieber Gott – auf dem dritten »Blinden« ist auch eine Laterne! Das ist der Schaffner. Ich lasse ihn vorbeifahren. Jedenfalls habe ich jetzt das ganze Zugpersonal vor mir. Ich drehe mich um und laufe in der dem Zuge entgegengesetzten Richtung. Über die Schulter sehe ich zurück. Alle drei Laternen sind jetzt auf der Erde und schwanken auf der Suche nach mir umher. Ich nehme einen Anlauf. Die Hälfte der Wagen ist schon vorbei, und der Zug fährt ziemlich schnell, als ich aufspringe. Ich weiß, daß die beiden Bremser und der Schaffner in zwei Sekunden wie rasende Wölfe über mich herfallen werden. Ich springe wieder auf die Handbremse, fasse die gewölbten Dachenden und bin im nächsten Augenblick auf »Deck«, während meine enttäuschten Verfolger sich auf der Plattform zusammendrängen wie heulende Hunde, die eine Katze auf einen Baum gejagt haben, und da stehen sie nun und fluchen und erzählen mir Unliebenswürdigkeiten über meine Vorfahren.
Aber was mache ich mir schon daraus? Einschließlich Lokomotivführer und Heizer sind sie fünf gegen einen, und obwohl die Majestät des Gesetzes und eine große, mächtige Körperschaft hinter ihnen stehen, führe ich sie alle an. Ich bin ganz hinten auf dem Zuge, und so laufe ich über die Wagendächer vor, bis ich mich über der fünften oder sechsten Plattform von der Lokomotive befinde. Dann spähe ich vorsichtig hinunter. Auf der Plattform

steht ein Bremser. Daß er mich bemerkt hat, kann ich aus der Art sehen, wie er sich in größter Eile in den Wagen schleicht, und ich weiß auch, daß er jetzt hinter der Tür steht und darauf wartet, über mich herzufallen, wenn ich hinunterklettere. Aber ich tue, als wüßte ich es nicht, und bleibe dort, um ihn in seinem Irrtum zu bestärken. Ich sehe ihn nicht, weiß aber gut, daß er hin und wieder die Tür öffnet, um sich zu vergewissern, daß ich immer noch da bin.

Der Zug fährt langsamer, wir nähern uns einer Station. Ich lasse die Beine hinunterhängen, um mich vorzufühlen. Der Zug hält, ich baumele immer noch mit den Beinen. Da höre ich den Bremser vorsichtig die Tür öffnen. Er ist zu meinem Empfang gerüstet. Plötzlich springe ich auf und laufe über das Dach, gerade über dem Kopfe des Mannes, der da unten auf mich lauert. Der Zug hält; die Nacht ist ruhig und ich sorge dafür, daß meine Füße auf dem eisernen Dache soviel Lärm wie nur möglich machen. Ich weiß natürlich nicht, nehme aber an, daß er jetzt hinläuft, um mich zu fassen, wenn ich auf die nächste Plattform hinunterkomme. Aber ich komme gar nicht hinunter. Als ich die Mitte des Zuges erreicht habe, mache ich kehrt und schleiche schnell und vorsichtig zu der Plattform zurück, die der Bremser und ich eben verlassen haben. Die Bahn ist frei. Ich klettere auf der andern Seite des Zuges hinunter und verstecke mich im Dunkeln. Keine Seele hat mich gesehen.

Ich steige über die Einfriedigung neben dem Bahnkörper, lege mich hin und passe auf. Aha! Was ist das? Ich sehe eine Laterne, die sich oben auf den Dächern von einem Wagen zum andern bewegt. Sie meinen, ich sitze noch oben, und suchen mich nun. Und noch besser – auf dem Boden, zu beiden Seiten des Zuges, bewegen sich zwei Laternen in derselben Richtung und mit derselben Schnelligkeit wie die auf den Dächern. Es ist die reine Hasenjagd, und ich bin der Hase. Sobald der Bremser auf dem Dache mich erblickt, wollen die beiden andern mich packen. Ich drehe mir eine Zigarette und sehe die Herren vorüberziehen. Sobald sie vorbei sind, kann ich mich in aller Ruhe vorn zum Zuge begeben. Der Zug setzt sich in Bewegung, und ohne Widerstand komme ich auf den ersten »Blinden«. Aber ehe noch der Zug richtig in Gang gekommen ist, und als ich mir gerade die Zigarette anzünden will, sehe ich, daß der Heizer über die Kohlen hinten auf den Tender geklettert ist und mich betrachtet. Ich bekomme einen furchtbaren Schreck. Von seinem Platz aus kann er nach mir mit Kohlenstücken werfen und mich zu Hackfleisch machen. Statt dessen spricht er mich an, und ich höre zu meiner großen Erleichterung Bewunderung in seiner Stimme. »Du verfluchter Schweinehund!« sagte er. Das ist eine große Schmeichelei, und ich werde von Stolz durchschauert wie ein Schulknabe, der ein Lob erhält. »Hör' mal«, rufe ich zu ihm hinüber, »mach' das nicht wieder mit dem Schlauch.«

»Nein«, antwortet er und geht wieder an die Arbeit. Mit der Lokomotive habe ich mich befreundet, aber die Bremser lauern immer noch auf mich. Als wir das nächste Mal halten, sind alle »Blinden« mit Bremsern besetzt, und wie früher lasse ich sie vorüber und klettere in der Mitte des Zuges auf Deck. Aber jetzt ist das Personal darauf gekommen, was ich vorhabe, und der Zug hält. Die Bremser wollen mich »schmeißen«, eher haben sie keine Ruhe. Dreimal hält der mächtige Überlandzug meinetwegen an dieser Station, und jedesmal entwische ich den Bremsern und klettere wieder auf Deck. Aber es ist hoffnungslos, denn endlich haben sie doch die Situation erfaßt. Ich habe ihnen gezeigt, daß sie den Zug nicht vor mir schützen können. Sie müssen etwas anderes machen.

Und das tun sie. Als der Zug das letztemal hält, setzen sie in voller Fahrt hinter mir her. Ja, ich weiß schon, was sie wollen. Sie wollen versuchen, mich müde zu hetzen. Im Anfang drängen sie mich bis zu den letzten Wagen des Zuges zurück. Ich bin mir ganz klar über die Gefahr, die mir droht. Sobald sie mich hinter den Zug bekommen haben, wollen sie losfahren und mich stehenlassen. Ich mache kehrt, laufe in einer Schlangenlinie, schlüpfe zwischen meinen Verfolgern hindurch und gelange so zu den vordersten Wagen. Einer der Bremser ist mir beständig auf den Hacken. Na schön, ich will ihn tüchtig laufen lassen, denn ich bin glänzend in Form. Ich laufe am Gleis entlang. Mir macht es

nichts aus. Selbst wenn er mich zehn Meilen jagt, so muß er doch zum Zuge zurück, und ich kann immer genausogut aufspringen wie er selbst.
So laufe ich weiter, halte mich immer ein kleines Stück vor ihm und strenge meine Augen an, damit ich in der Dunkelheit etwaige Wildfallen oder Weichen sehen kann, die mir Schaden bringen könnten. O weh! Ich bemühe mich zu sehr, das zu sehen, was weiter voraus liegt, stolpere über einen kleinen Gegenstand gerade vor mir und falle hin. Im nächsten Augenblick bin ich wieder auf den Beinen, aber schon hat der Bremser mich am Kragen. Ich leiste keinen Widerstand. Ich muß Luft schöpfen und ihn mir ansehen. Er ist schmalschultrig, und ich wiege wenigstens dreißig Pfund mehr als er. Außerdem ist er ebenso müde wie ich, und wenn er boxen will, soll er mich kennenlernen. Aber er boxt nicht, so daß ich dieses Problem nicht zu erörtern brauche. Statt dessen beginnt er, mich nach dem Zuge zurückzuziehen, und jetzt erhebt sich eine neue Frage. Ich sehe die Laternen des Schaffners und des anderen Bremsers. Wir nähern uns ihnen. Nicht umsonst habe ich die Bekanntschaft der New Yorker Polizei gemacht. Nicht umsonst habe ich in Güterwagen, bei Wasserbehältern und in Gefängniszellen blutige Geschichten von Mißhandlungen gehört. Wenn diese drei Männer mich nun mißhandelten? Der Himmel weiß, daß ich ihnen Anlaß genug dazu gegeben habe. In aller Eile überdenke ich die Lage. Immer mehr nähern wir uns den beiden Eisenbahn-

männern. Ich sehe mir Bauch und Kiefer des Mannes, der mich festhält, an, und denke aus, was ich mit der rechten und mit der linken Faust machen werde, wenn er das erste Zeichen von Unfreundlichkeit gibt.

Pah! Ich kenne einen Trick, den ich schon an ihm versuchen möchte, und es tut mir ordentlich leid, daß ich es nicht schon in dem Augenblick tat, als er mich packte. Ich könnte ihm einen tüchtigen Denkzettel erteilen, und das gerade, weil er mich am Kragen packt. Er hat die Finger fest in meinen Kragen gekrallt. Mein Rock ist zugeknöpft. Ich weiß nicht, ob ihr je eine Aderpresse gesehen habt. Da habt ihr sie: Ich brauche nur den Kopf unter seinen Arm zu ducken und mich herumzudrehen. Das muß schnell gehen – sehr schnell. Ich weiß schon, wie ich es machen muß – ich muß mich schnell und ruckweise drehen und bei jeder Umdrehung den Kopf unter seinen Arm ducken. Ehe er es weiß, sitzen seine Finger, die mich jetzt festhalten, selbst fest. Er kann sie nicht herausziehen. Es wirkt wie ein kräftiger Hebel. Wenn ich mich zwanzig Sekunden lang gedreht habe, wird ihm das Blut unter den Nägeln hervorspritzen, die feinen Sehnen werden reißen und alle Muskeln und Nerven zerquetscht werden, bis alles eine einzige blutige, schmerzende Masse ist. Versucht es mal, wenn euch jemand am Kragen hat. Aber ihr müßt schnell sein – schnell wie der Blitz. Und ihr müßt euch selber gut halten, während ihr euch herumdreht – das Gesicht mit dem linken, und den Unterleib mit dem rechten Arm schützend. Es könnte ja sein, daß der andere versucht, euch durch einen Stoß mit seinem freien Arm anzuhalten. Es wäre auch gut, sich von dem freien Arm ab- statt sich ihm zuzudrehen. Ein Stoß in der Richtung der eigenen Bewegung ist nie so schlimm wie umgekehrt.

Der Bremser wird nie erfahren, wie nahe er daran gewesen ist, einen sehr, sehr ernsten Denkzettel zu erhalten. Seine Rettung ist, daß er offenbar nicht die Absicht hat, mir etwas zu tun. Als wir nahe genug sind, ruft er, daß er mich hat, und man gibt das Signal, daß der Zug anfahren soll. Die Lokomotive und die drei »Blinden« fahren vorbei. Dann springen der Schaffner und der zweite Bremser auf. Aber der Mann, der mich am Kragen hält, hat mich immer noch gepackt. Ich weiß ganz genau, was sie wollen. Er soll mich festhalten, bis die letzten Wagen uns erreicht haben. Dann soll er aufspringen, und ich werde zurückgelassen – im Graben.

Aber der Zug fährt schnell, denn der Lokomotivführer muß die verlorene Zeit wieder einholen. Es ist auch ein langer Zug. Die Sache ist nicht so einfach, und ich weiß, daß der Bremser die Schnelligkeit des Zuges mit Besorgnis mißt.

»Glaubst du, daß du's machen kannst?« fragte ich unschuldig.

Er läßt meinen Kragen los, springt rasch zu und ist auf dem Zuge. Es fehlen noch mehrere Wagen. Das weiß er, und so bleibt er auf dem Trittbrett stehen, streckt den Kopf vor und sieht nach mir aus. In diesem Augenblick wird mir klar, was ich jetzt zu tun habe. Ich will auf die hinterste Plattform springen. Ich weiß, daß der Zug immer schneller und schneller fährt, aber wenn es schief geht, kann ich nur in den Dreck geworfen werden, und ich besitze den ganzen Optimismus der Jugend. Nicht mit einer Miene verrate ich, was ich im Sinne habe. Mutlos und mit hängenden Schultern stehe ich da und zeige, daß ich jede Hoffnung aufgegeben habe. Aber gleichzeitig untersuche ich mit dem Fuße den Kies. Er gibt einen ausgezeichneten Halt. Ich sehe auch nach dem Bremser, der immer noch den Kopf vorstreckt. Jetzt zieht er ihn zurück. Er ist ganz sicher, daß der Zug zu schnell fährt, als daß ich ihn noch erwischen könnte.

Und der Zug fährt wirklich schnell – schneller als je ein Zug, auf den ich es abgesehen hatte. Als der letzte Wagen vorbeifährt, laufe ich in der Fahrtrichtung mit. Es ist ein kurzer, schneller Anlauf. Ich kann nicht hoffen, dieselbe Geschwindigkeit wie der Zug zu erreichen, aber ich kann den Unterschied zwischen meiner und seiner Schnelligkeit auf ein Mindestmaß bringen und den Stoß, wenn ich das Trittbrett erreiche, dadurch weniger fühlbar machen. In dem flüchtigen Augenblick kann ich das Geländer der hintersten Plattform in der Dunkelheit nicht sehen; ich habe auch keine Zeit, mich zu unterrichten. Ich packe aufs Geratewohl zu, und im selben Augenblick verlieren meine Füße den Boden.

Es ist der reine Glückstreffer. Im nächsten Augenblick könnte ich mit gebrochenen Rippen, gebrochenen Armen oder zerschmetterter Hirnschale über den Kies rollen. Aber meine Finger umklammern das Geländer, ein Ruck in meinem Arm, ich werde halb herumgeschleudert, und meine Füße landen mit einer starken Erschütterung auf dem Trittbrett. Ich setze mich nieder und bin sehr stolz. In meiner ganzen Vagabundenzeit ist dies das beste Stück Arbeit, das ich im Aufspringen auf einen Zug je geleistet habe. Ich weiß, daß man in der Nacht auf der letzten Plattform immer sicher ist, jedenfalls für ein paar Stationen, aber ich wage mich nicht zu den vorderen Wagen. Als der Zug das erstemal hält, laufe ich auf der dem Bahnsteig entgegengesetzten Seite an ihm entlang, an den Pullmanwagen vorbei, ducke mich und finde einen Platz unter einem der anderen Wagen. Beim nächsten Aufenthalt laufe ich wieder vor und finde einen neuen Platz.

Jetzt bin ich einigermaßen sicher. Die Bremser glauben, daß ich endgültig geschmissen bin. Aber der lange Tag und die anstrengende Nacht fangen an, ihre Wirkungen auszuüben. Da es weder windig noch kalt hier unten ist, nicke ich ein. Das geht nicht. Auf dem Wagengestell einzuschlafen, bedeutet den sicheren Tod, und als wir an eine Station kommen, krieche ich daher heraus und gehe zum zweiten »Blinden«. Hier kann ich mich hinlegen und schlafen, und hier schlafe ich – wie lange, weiß ich nicht –, bis ich erwache, weil mir jemand eine

Laterne vors Gesicht hält. Die beiden Bremser stehen da und starren mich an. Ich springe auf, um mich zu verteidigen, während ich darüber nachdenke, wer von den beiden mich wohl zuerst angreifen wird. Aber sie denken gar nicht daran.

»Ich glaubte, ich hätte dich geschmissen«, sagte der Bremser, der mich am Kragen gepackt hatte.

»Wenn du mich nicht losgelassen hättest, wärst du zusammen mit mir geflogen«, antworte ich.

»Wieso?« fragt er.

»Ich hätte dich festgehalten, das ist alles«, erwidere ich ihm.

Sie beraten sich, und zuletzt kommen sie zu folgendem Ergebnis: »Na, dann wollen wir dich fahren lassen, Kamerad! Es hilft ja nichts, daß wir versuchen, dich runterzukriegen.«

Und dann gehen sie ihres Weges und lassen mich bis zu ihrer Zweigstation in Frieden.

Ich habe hier ein Beispiel davon gegeben, was »anhängen« heißt. Selbstverständlich habe ich eine Nacht gewählt, in der meine Bemühungen von Glück gekrönt waren, und nichts von den Nächten – und ihrer sind viele – gesagt, in denen ich Pech hatte und geschmissen wurde.

Zum Schluß möchte ich nur noch erzählen, was geschah, als wir die Zweigstation auf der Strecke erreichten. Auf den eingleisigen Überlandstrecken warten die Güterwagen an der Weiche und folgen dann den Personenzügen. Als ich an die Zweigstation kam, stieg ich ab und sah mich nach dem

Güterzuge um, der hinterherfahren sollte. Ich fand ihn, stellte mich an einem Nebengleis auf und wartete. Dann schlüpfte ich in einen geschlossenen Güterwagen, der halb voll Kohlen war, und legte mich nieder. Fast im selben Augenblick war ich eingeschlafen.

Ich erwachte dadurch, daß die Tür zurückgeschoben wurde. Der Tag brach an, kalt und trübe, und der Güterzug war noch nicht abgefahren. Der Schaffner steckte den Kopf zur Tür herein. »Mach', daß du rauskommst, du verfluchter Schlingel!« brüllte er. Das tat ich, und als ich herauskam, sah ich, wie er den Zug entlang ging und jeden Wagen untersuchte. Sobald er außer Sehweite war, sagte ich mir, er würde nie im Leben darauf verfallen, daß ich so frech wäre, wieder in denselben Wagen zu kriechen, aus dem er mich eben herausgejagt hatte. Ich kletterte also ganz ruhig wieder hinein und legte mich schlafen.

Nun muß aber der Schaffner genauso überlegt haben wie ich, denn er dachte sich, daß ich es geradeso machen würde. Folglich kam er zurück und schmiß mich wieder hinaus.

Na, dachte ich bei mir, es wird ihm doch nie in den Sinn kommen, daß ich es zum drittenmal tue. Ich kehrte also zum selben Wagen zurück, beschloß aber, mich gegen weitere Überraschungen zu sichern. Nur eine der Seitentüren konnte geöffnet werden, die andere war vernagelt. Ich machte mich gleich an den Kohlenhaufen, grub ein Loch neben

der vernagelten Tür und legte mich hinein. Der Schaffner kletterte herauf und guckte ins Loch. Sehen konnte er mich nicht. Er rief, ich sollte machen, daß ich wegkäme. Ich versuchte, ihn anzuführen, indem ich ganz still liegenblieb; als er aber anfing, Kohlenstücke in das Loch zu werfen, gab ich es auf und wurde zum drittenmal hinausgeschmissen. Dann teilte er mir in großer Erregung mit, was geschehen würde, wenn er mich noch einmal fände.
Jetzt veränderte ich meine Taktik. Wenn ein anderer genauso denkt, wie man selber, so muß man abbrechen und eine neue Taktik versuchen.
Das tat ich.
Ich versteckte mich zwischen ein paar Wagen auf einem anstoßenden Nebengleis und wartete. Gewiß, der Schaffner kam wieder zum Wagen zurück! Er schloß die Tür auf, kletterte wieder hinein, warf Kohlen in das Loch, das ich gemacht hatte, ja, er kroch ganz auf die Kohlen hinauf und spähte in das Loch hinunter. Damit war er befriedigt. Fünf Minuten später fuhr der Güterzug zur Station hinaus, und der Schaffner war nirgends zu sehen. Ich lief neben dem Wagen her, riß die Tür auf und kletterte hinein. Der Schaffner kam nicht wieder, und ich fuhr mit dem Kohlenwagen genau tausendundzweiundzwanzig Meilen. Die meiste Zeit schlief ich; nur an den Zweigstationen, wo die Güterzüge stets etwa eine Stunde halten, stieg ich ab, um mir etwas Essen zu erbetteln. Und am Ende der tausendundzweiundzwanzig Meilen verlor ich den Wagen durch

einen glücklichen Zufall. Ich wurde hereingebeten, um etwas zu essen zu bekommen, und ich möchte den Vagabunden sehen, der nicht jeden Zug wegfahren läßt, wenn er »hereingebeten« wird.

ZIGEUNER

Der größte Reiz des Vagabundenlebens liegt vielleicht darin, daß es nie eintönig wird. Dem Vagabunden bietet das Dasein ein farbenprächtig wechselndes Bild – das Unmögliche wird zum Ereignis, und das Unerwartete springt bei jeder Wegbiegung aus den Büschen. Der Landstreicher weiß nie, was im nächsten Augenblick geschehen wird; darum lebt er stets dem Augenblick. Er hat gelernt, wie müßig es ist, Pläne zu schmieden, und weiß nur die Freude, sich von den Launen des Zufalls treiben zu lassen.

Oft denke ich an meine Vagabundentage, und immer wieder wundere ich mich über die schnelle Reihenfolge, in der die Bilder in meiner Erinnerung auftauchen. Es ist einerlei, wo ich beginne, denn jeder einzelne Tag ist ein Tag für sich und hat seine eigenen, schnell wechselnden Bilder. So erinnere ich mich zum Beispiel eines sonnigen Sommermorgens in Harrisburg (Pennsylvanien), und wie glücklich er begann. Ich wurde »hereingebeten« zu zwei alten

Fräuleins, und zwar nicht in die Küche, sondern ins Speisezimmer, und sie saßen selbst mit mir am Tische. Wir aßen Eier aus Eierbechern! Es war das erstemal, daß ich Eierbecher sah oder von Eierbechern hörte. Ich gestehe, daß ich zuerst ein bißchen linkisch war; aber ich hatte Hunger und ließ mich nicht in Verlegenheit bringen. Ich wurde mit den Eierbechern fertig und gleichfalls mit den Eiern, jedoch auf eine Art, daß die beiden alten Damen die Augen aufsperrten.

Freilich, sie selber aßen wie ein paar Kanarienvögel, nippten an den Eiern und pickten winzige Stückchen von den fast oblatendünnen Scheiben gerösteten Brotes. Lebenskraft besaßen sie nicht viel; ihr Blut war dünn, und sie hatten die ganze Nacht in ihrem warmen Nest gelegen. Ich aber kam aus der frischen Luft und hatte auf dem Wege von Emporium, einem Ort im Norden des Staates, ein gut Teil der in meinem Körper steckenden Feuerung verbraucht. Geröstetes Brot, so dünn wie Oblaten! Es war großartig! Aber jede Oblate war nur ein Bissen für mich, und so mußte ich leider nach jedem Stück erst wieder umständlich zulangen. Als ich ein ganz kleiner Junge war, hatte ich einen ganz kleinen Hund namens Punch. Ich sorgte immer selbst für sein Futter. Einmal hatte einer vom Hausstand eine Menge Enten geschossen, und es gab ein herrliches Essen. Als ich fertig war, machte ich Punchs Mittag zurecht – einen großen Teller Knochen und allerlei Leckerbissen. Ich ging hinaus, um es ihm zu geben.

Nun war aber gerade ein Gast von einem Hofe in der Nähe herübergeritten und hatte einen Neufundländer, so groß wie ein Kalb, mitgebracht. Ich setzte den Teller auf den Boden. Punch wedelte mit dem Schwanze und machte sich darüber her. Mindestens eine halbe Stunde Glückseligkeit lag vor ihm. Da kam plötzlich ein Sturmwind angebraust. Punch wurde beiseite gefegt wie ein Strohhalm, und der Neufundländer stürzte sich über den Teller her. Im Nu – noch ehe ihn mein Fußtritt beiseite schleuderte – hatte er den ganzen Teller geleert. Er räumte gründlich auf. Ein letztes nachdenkliches Lecken entfernte selbst die Fettflecke.
Wie der große Neufundländer es mit dem Fleisch gemacht hatte, das für Punch bestimmt gewesen war, so machte ich es jetzt mit dem Essen der beiden alten Damen in Harrisburg. Ich räumte gründlich auf. Ich zerbrach nichts, aber ich vertilgte alle Eier, das geröstete Brot und den Kaffee. Das Mädchen brachte mehr, aber ich hielt sie in Atem, und sie mußte immer mehr bringen. Der Kaffee war prachtvoll, aber warum schenkte man ihn in so winzige Täßchen? Wie sollte ich Zeit zum Essen haben, wenn ich immerfort Zucker und Sahne in die vielen Tassen Kaffee tun mußte?
Jedenfalls bekam ich dadurch Zeit, meiner Zunge freien Lauf zu lassen. Die beiden alten Damen mit ihren roten Bäckchen und ihren weißen Locken hatten nie zuvor das leuchtende Antlitz des Abenteurers gesehen. Sie hatten, um einen Vagabundenaus-

druck zu gebrauchen, ihr ganzes Leben auf demselben Gleis gearbeitet. In ihr ereignisloses enges Dasein mit dem feinen Lavendelduft kam ich, ein frischer Luftzug aus der großen Welt, eine gesunde, kräftige Erinnerung an Schweiß und Kampf, auf Geschmack und Geruchssinn wirkend wie der Hauch ferner Länder und ferner Erde. Und ich rieb ihre weichen Handflächen gründlich mit der harten Haut meiner eigenen Hände – der halbzölligen, hornartigen Haut, die von dem ständigen Rucken des Taus und den langen angestrengten Stunden herrührte, da die Hand sich zärtlich um den Spatenschaft geschlossen hatte. Das tat ich nicht nur aus jugendlichem Übermut, sondern um zu zeigen, daß ich zufolge meiner Arbeit Anspruch auf ihre Barmherzigkeit hatte.

Oh, ich sehe sie noch vor mir, diese lieben alten Damen, an deren Frühstückstisch ich vor zwölf Jahren saß, und denen ich erzählte, wie mein Leben sich geformt hatte. Ich überhörte ihre freundlichen Ratschläge, wie so ein verteufelter Kerl es tun muß, und fesselte sie durch spannende Berichte nicht nur der Abenteuer, die ich selbst erlebt hatte, sondern auch solcher, die all den andern begegnet waren, die ich kannte und mit denen ich Eindrücke gewechselt hatte. Ich eignete sie mir alle an, ich meine die Abenteuer, die all den andern begegnet waren, und wenn die beiden alten Damen weniger vertrauensvoll und unschuldig gewesen wären, hätten sie mich bezüglich der zeitlichen Reihenfolge schlimm in die

Enge treiben können. Nun ja, und wenn schon? Es war ein anständiges Geschäft. Ich bezahlte prompt für die vielen Tassen Kaffee, die Eier und die feinen Schnitten gerösteten Brotes. Ich verschaffte ihnen eine königliche Unterhaltung. Daß ich gekommen war und an ihrem Tisch saß, war ihr Abenteuer. Und Abenteuer sind unbezahlbar. Als ich mich von den beiden alten Damen verabschiedet hatte und die Straße hinunterbummelte, fand ich vor der Tür eines Hauses, wo man offenbar spät aufstand, eine Zeitung und legte mich damit auf den Rasen in einem Park, um zu sehen, was in den letzten vierundzwanzig Stunden in der Welt vorgegangen war. In diesem Park traf ich einen andern Landstreicher, der mir seine Lebensgeschichte erzählte und mich quälte, in die Armee der Vereinigten Staaten einzutreten. Er hatte sich selbst eben anwerben lassen und konnte nicht begreifen, warum ich nicht dasselbe tun wollte. Er war in Coxeys Armee gewesen und vor ein paar Monaten mit nach Washington marschiert, und dabei schien er Geschmack am Soldatenleben bekommen zu haben. Ich war selbst Veteran, denn war ich etwa nicht Gemeiner in der Kompanie L der zweiten Division von Kellys Arbeiterheer – die Kompanie war überall unter dem Namen »Nevada-Stoßtrupp« bekannt – gewesen? Meine Erfahrungen in bezug auf das Soldatenleben hatten just die entgegengesetzte Wirkung auf mich ausgeübt, und so ließ ich den Landstreicher seinen eigenen Weg – vor die Hunde oder ins Heer, wie

es nun kam – wandern, während ich »meine Füße warf«, wie wir sagen, um zu einem Mittagessen zu kommen.
Als diese Arbeit besorgt war, schlenderte ich über die Brücke, die über den Susquehanna nach dem westlichen Ufer führte. Ich kann mich nicht erinnern, wie die Eisenbahn dort drüben hieß, aber als ich da so an diesem Morgen im Grase lag, kam mir der Einfall, nach Baltimore zu fahren, und zwar mit dieser Eisenbahn, wie sie nun auch heißen mochte. Es war ein heißer Nachmittag, und von der Brücke sah ich eine Bande von Kerlen, die um einen der Brückenpfeiler herumschwamm. Ich warf die Kleider ab und stürzte mich in den Fluß. Das Wasser war herrlich; als ich aber wieder an Land war und mich anzog, entdeckte ich, daß ich bestohlen worden war. Irgendeiner hatte meine Taschen durchsucht. Nun frage ich: ist Bestohlenwerden nicht Abenteuer genug für einen Tag? Ich habe Leute getroffen, die bestohlen wurden und davon redeten, solange sie lebten. Allerdings hatte der Dieb, der meine Taschen durchsuchte, nicht viel von seiner Mühe – dreißig oder vierzig Cent in Kupfer und meinen Tabak nebst Zigarettenpapier; aber es war alles, was ich besaß, und das ist mehr, als man den meisten Menschen stehlen kann, denn sie haben immer noch etwas zu Hause liegen, während ich kein Zuhause hatte. Es war eine hübsche Gesellschaft, die in dem Flusse herumschwamm. Ich sah mir einen von ihnen an und kam zu dem Ergebnis, daß es besser sei,

keinen Lärm zu schlagen. Folglich bat ich um Tabak, und ich könnte darauf schwören, daß es mein eigenes Zigarettenpapier war, in das ich meine Zigarette drehte.

Jenseits der Brücke nahm ich meinen Weg am Ufer entlang. Hier lief die Eisenbahn, auf die ich es abgesehen hatte. Aber soweit das Auge reichte, war keine Station zu erblicken. Und wie ich einen Güterzug außerhalb einer Station erwischen sollte, das war eben die Frage. Ich bemerkte, daß das Gleis über eine steile Anhöhe führte, von deren höchstem Punkt ich gerade herabgekommen war, und ich wußte, daß ein schwerer Güterzug da nicht sehr schnell hinauffahren konnte. Aber wie schnell? Jenseits des Gleises erhob sich eine hohe Böschung. An ihrem Rande sah ich den Kopf eines Mannes aus dem Grase herauslugen. Vielleicht wußte er Bescheid, wie schnell die Güterzüge über die Anhöhe fuhren, und wann der nächste Zug in südlicher Richtung vorbeikam. Ich rief ihm meine Fragen hinauf, und er machte mir ein Zeichen, daß ich näher kommen solle.

Ich gehorchte, und als ich den Gipfel der Anhöhe erreichte, fand ich außer ihm noch vier andere Männer, die rings im Grase lagen. Ich wußte gleich, was sie waren – amerikanische Zigeuner. Auf dem freien Platz zwischen den Bäumen, ein Stück vom Rande der Böschung, standen ein paar Wagen verschiedenster Art. Ein ganzer Schwarm zerlumpter, halbnackter Kinder lief im Lager herum, aber ich bemerkte, daß sie sich wohl hüteten, in die Nähe der Erwachsenen zu kommen und sie zu stören. Ein paar hagere, abgearbeitete, häßliche Frauen waren mit verschiedenen Dingen im Lager beschäftigt, und mir fiel dabei besonders eine auf, die für sich mit gebeugtem Kopf auf einem der Wagen saß und das Kinn auf die Knie stützte, die sie kraftlos mit den Armen umschloß. Alles Leid, das einem Menschen widerfahren kann, stand in ihrem Gesicht geschrieben, über dem ein tragischer Ausdruck lag, als hätte sie die Fähigkeit, zu leiden, verloren. Sie sah aus, als wäre ihr alles gleichgültig – aber hierin irrte ich mich, denn ich sollte später erfahren, daß es etwas gab, das ihr nicht gleichgültig war.

Ich lag im Grase am Rande der Böschung und redete mit den Männern. Wir waren wie Blutsverwandte, wie Brüder. Ich, der amerikanische Landstreicher, und sie, die amerikanischen Zigeuner. Ich kannte ihren Jargon, und sie kannten den meinen genügend, daß wir uns verständigen konnten. Es waren noch zwei Männer mehr in der Bande, die sich drüben auf der anderen Seite des Flusses befanden. Sie beschäftigten sich mit »Kesselflicken«, aber was eigentlich hinter diesem »Kesselflicken« steckte, das erfuhr ich nicht, und es wäre unhöflich von mir gewesen, zu fragen.

Es war ein herrlicher Tag. Nicht ein Lüftchen regte sich, und wir sonnten uns in der flimmernden Wärme. Von allen Seiten ertönte das einschläfernde Summen der Insekten, und die balsamische Luft war von dem süßen Duft der Erde und all des sprießenden Grüns erfüllt. Wir waren zu faul, um etwas anderes zu tun, als hin und wieder ein Wort zu murmeln, damit die Unterhaltung nicht einschlief. Und da wurden, ganz plötzlich, der Frieden und die Ruhe unangenehm unterbrochen.

Zwei barfüßige Knaben von acht bis neun Jahren hatten gegen eine der Verordnungen verstoßen, die für das ganze Leben galten – was es war, wußte ich nicht –, und ein Mann, der neben mir lag, erhob sich plötzlich und rief sie. Er war der Stammeshäuptling, ein Mann mit schmaler Stirn und mandelförmigen Augen. Seine dünnen Lippen und der sardonische Ausdruck seines Gesichts erklärten hinreichend, warum die beiden Knaben sich plötzlich beim Klang seiner Stimme aufrichteten und wie erschreckte Rehe erstarrten. Ängstliche Spannung lag auf ihren Gesichtern, sie machten entsetzt kehrt und liefen fort. Er rief sie, zurückzukommen, und der eine blieb auch zögernd und widerwillig zurück. Seine magere, kleine Gestalt zeigte deutlich den Kampf, der in seinem Innern tobte, einen Kampf zwischen Furcht und warnendem Verstand. Der Stammeshäuptling verfolgte ihn nicht. Er schlenderte nur zu seinem Wagen und holte eine schwere Peitsche. Dann kam er auf die Mitte des freien Platzes zurück und blieb stehen. Er sagte nichts. Er regte sich nicht. Er war das Gesetz, unbarmherzig, allmächtig. Er stand bloß da und wartete. Und ich und alle, auch die beiden Knaben im Schatten der

Bäume, wußten, worauf er wartete. Der Knabe, der zurückgeblieben war, kam jetzt langsam heran. Ein schwerer, unter Angst und Beben gefaßter Entschluß war auf seinem Antlitz zu lesen. Er zögerte nicht. Er hatte sich entschlossen, seine Strafe auf sich zu nehmen. Und wohlgemerkt. Hier handelte es sich nicht um die Strafe für sein ursprüngliches Vergehen, sondern für das Verbrechen, dessen er sich durch die Flucht schuldig gemacht hatte. Und in diesem Punkt benahm sich das Oberhaupt des Stammes nur so, wie die erhabene Welt es verlangt, in der er lebte. Wir strafen unsere Verbrecher, und wenn sie uns entwischen und fortlaufen, so holen wir sie wieder und strafen sie noch härter.

Gerade auf den Häuptling zu ging der Knabe und blieb in der richtigen Entfernung stehen, daß er die Peitsche schwingen konnte. Der Hieb zischte durch die Luft, und unwillkürlich fuhr ich erschreckt auf, als ich den scharfen Schlag hörte. Das magere kleine Bein war ja so mager und klein! Wo die Peitschenschnur getroffen hatte, wurde das Fleisch ganz weiß, und dann erschien dort ein häßlicher dicker Striemen, an dessen Seite winzige rote Blutstropfen hervorquollen und zeigten, wo die Haut zerrissen war. Wieder wurde die Peitsche erhoben, und das ganze Körperchen zitterte in Erwartung des Schlages, obwohl der Knabe sich nicht von der Stelle rührte. Er wollte aushalten. Ein neuer Striemen erschien auf seinem Bein, dann ein dritter. Erst als die Peitsche zum vierten Male traf, schrie der Knabe laut. Jetzt konnte er auch nicht mehr stillstehen, und von diesem Augenblick an hüpfte er, vor Schmerz und Qualen schreiend, umher, versuchte aber nicht, wegzulaufen. Wenn er bei seinem verzweifelten Hüpfen außer Reichweite der Peitsche war, hüpfte er gleich wieder zurück. Erst dann, als alles vorüber war – es waren zwölf Schläge –, kroch er wimmernd zwischen die Wagen. Der Häuptling blieb stehen und wartete. Jetzt erschien der andere Knabe zwischen den Bäumen, kam aber nicht geradeswegs zum Häuptling. Er kam wie ein kriechender Hund, machte jeden Augenblick in plötzlichem Entsetzen kehrt und wich ein halbes Dutzend Schritte zurück. Aber er kehrte immer wieder um, näherte sich dem Manne in immer engeren Kreisen, wimmerte und stieß unverständliche Kehllaute aus wie ein Tier. Seine Augen wichen nicht von der Peitsche, und es lag ein Ausdruck von Entsetzen in ihnen, der mich ganz krank machte – von einem wahnsinnigen Entsetzen, das bezeugte, wie unfaßbar dieses Kind mißhandelt wurde. Ich habe starke Männer rechts und links von mir im Kampfe fallen und sich in Todesqualen winden, ich habe sie zu Dutzenden durch Bomben und Granaten in die Luft gesprengt, zerfetzt und zerrissen werden sehen, aber glaubt mir, das war der reine Scherz gegen den Anblick dieses armen Kindes.

Die Auspeitschung begann. Die Strafe des ersten Knaben war Spielerei gewesen im Vergleich mit dieser. In wenigen Sekunden strömte das Blut über die dünnen Beinchen herab. Er hüpfte und wand sich, fiel zusammen, bis er fast aussah wie eine Marionette an der Schnur. Ich sage »fast«, denn sein Geschrei strafte diesen Eindruck Lügen und zeigte, daß alles Wirklichkeit war. Sein Geschrei war gellend und durchdringend; nicht heiser, sondern bebend und dünn, wie es der geschlechtslosen Kinderstimme eigen ist. Dann kam ein Zeitpunkt, da der Knabe es nicht mehr ertragen konnte. Sein letzter Rest von Vernunft verschwand, und er versuchte fortzulaufen. Aber jetzt folgte ihm der Mann, schnitt ihm den Rückzug ab und trieb ihn, immer mit Peitschenschlägen, nach dem freien Platze zurück. Da gab es eine Unterbrechung. Ich hörte einen wilden, halberstickten Schrei. Die auf dem Wagen sitzende Frau war heruntergesprungen. Mit einem Satz stand sie zwischen dem Manne und dem Knaben.

»Willst du auch was abhaben, he?« sagte der Mann mit der Peitsche. »Na schön, meinetwegen.«

Er schwang die Peitsche über ihr. Ihre Röcke waren lang, so daß er nicht versuchte, ihre Beine zu treffen. Er zielte nach ihrem Gesicht, und sie wehrte den Schlag, so gut sie es vermochte, mit Händen und Armen ab, während sie den Kopf zwischen die mageren Schultern duckte und die Peitschenschläge auf die dünnen Arme und Schultern regnen ließ. Heldenmütige Mutter! Sie wußte gut, was sie tat. Der Knabe entlief, immer noch schreiend, zu den Wagen.

Und die ganze Zeit lagen die vier Männer neben mir und sahen zu. Aber sie regten sich nicht, und ich gestehe, daß ich mich auch nicht regte, und das ohne Scham, obwohl meine Vernunft einen schweren Kampf mit meinen natürlichen Gefühlen kämpfte, die mich trieben, aufzustehen und mich dazwischenzulegen. Ich kannte das Leben. Was hätte es der Frau oder mir genützt, wenn ich mich hier am Ufer des Susquehanna von fünf Männern hätte totprügeln lassen? Ich habe einmal gesehen, wie ein Mann gehängt wurde, und obwohl meine ganze Seele empört dagegen aufschrie, kam kein Wort über meine Lippen. Hätte ich Einspruch erhoben, so hätte man mir aller Wahrscheinlichkeit nach die Hirnschale mit einem Revolver zertrümmert, denn das Gesetz gebot, daß der Mann gehängt werden sollte. Und in dieser Zigeunerbande gebot das Gesetz, die Frau auszupeitschen.

In beiden Fällen war der Grund, daß ich mich nicht dazwischenlegte, nicht das Gesetz an sich, sondern der Umstand, daß das Gesetz stärker war als ich. Hätten die vier Männer nicht neben mir im Grase gelegen, so würde ich mit Freuden auf den Mann mit der Peitsche losgegangen sein. Und hätte mich dann nicht eine der Frauen im Lager mit einem Messer oder einer Keule angefallen, so bin ich überzeugt, daß ich ihn kurz und klein hätte schlagen können. Aber die vier Männer *lagen* nun einmal neben mir im Grase. Sie waren die Ursache, daß das Gesetz stärker war als ich.

Glaubt mir, ich litt auch mein Teil dabei! Ich hatte früher gesehen, wie Frauen geprügelt wurden, aber noch nie, wie diese Frau es wurde. Ihr Kleid hing in Fetzen von den Schultern. Einen der Schläge hatte sie nicht abwehren können, und er riß ihr einen blutigen Striemen von der Backe bis zum Kinn. Nicht ein Schlag, nicht zwei, nicht ein oder zwei Dutzend Schläge, ein endloser Schauer von Schlägen regnete auf sie herab. Ich war in Schweiß gebadet; ich atmete schwer und griff mit beiden Händen ins Gras, bis ich es mit der Wurzel herausriß. Und unterdessen flüsterte mir mein gesunder Menschenverstand ins Ohr: »Du Narr! Du Narr!« Der blutunterlaufene Striemen im Gesicht der Frau hätte meiner Selbstbeherrschung fast ein Ende gemacht. Ich machte Miene aufzuspringen, aber der Mann neben mir legte mir die Hand auf die Schulter und hielt mich zurück.

»Ruhig, Kamerad, ruhig!« warnte er mich leise. Ich sah ihn an, und sein Blick begegnete dem meinen ohne Zögern. Er war ein großer, breitschultriger und muskulöser Mann, und sein Gesicht war schlaff, phlegmatisch, träge, nicht unfreundlich, aber ohne Leidenschaft und ganz ohne Intelligenz; eine Seele, die in der Finsternis tappte, nicht schlecht, aber bar aller Moral und dumpf und starrsinnig wie die eines Büffels. Wie ein Tier war er, mit einem schwachen Funken von Verstand, ein gutmütiges, sprachloses Tier mit den Körper- und Geisteskräften eines Gorillas. Seine Hand lag schwer auf meiner Schulter, und ich fühlte das Gewicht der Muskeln hinter diesem Griff. Ich betrachtete die beiden andern, die auch nichts sprachen – zwei waren ganz teilnahmslos und uninteressiert, der dritte freute sich offenbar über den Anblick, und da erwachte mein gesunder Menschenverstand, meine Muskeln erschlafften, und ich sank wieder ins Gras zurück.

Meine Gedanken gingen zurück zu den beiden alten Damen, bei denen ich an diesem Morgen gefrühstückt hatte. Kaum zwei Meilen in gerader Linie lagen zwischen ihrer Wohnung und dem Ort, wo dieser Auftritt stattfand. Und hier wurde an einem schönen, stillen Tage, bei strahlendem Sonnenschein, eine ihrer Schwestern von einem meiner Brüder gepeitscht. Dies war ein Blatt im Buche des Lebens, das sie nie zu sehen bekommen sollten – und das war auch das beste, eben weil sie es nicht sahen und nie diese ihre Schwestern verstehen konnten, die aus so ganz anderem Stoff gemacht waren. Denn es ist einem Weibe nicht gegeben, sein Leben in duftenden, engen Zimmern zu verbringen und gleichzeitig das »Schwesterlein« der ganzen Welt zu sein.

Die Auspeitschung war beendet, und die Frau, die jetzt nicht mehr schrie, kehrte zu ihrem Platz auf dem Wagen zurück. Keine der Frauen näherte sich ihr – jedenfalls nicht gleich. Sie hatten Angst. Aber sie kamen später, als eine geraume Weile vergangen war. Der Mann legte die Peitsche weg, kam zu uns zurück und warf sich auf der andern Seite neben mich. Er atmete schwer vor Anstrengung. Dann trocknete er sich den Schweiß mit dem Rockärmel aus den Augen und sah mich herausfordernd an. Ich begegnete seinem Blick mit größter Gleichgültigkeit; was er getan hatte, ging mich nichts an. Ich brach nicht sofort auf. Ich blieb noch eine halbe Stunde liegen, was unter den vorliegenden Umständen allgemeiner Höflichkeit und Vorsicht entsprach. Ich drehte mir Zigaretten aus Tabak, den sie mir borgten, und als ich mich die Böschung zur Eisenbahn hinuntergleiten ließ, war ich mit allen Kenntnissen versehen, die ich brauchte, um den nächsten Zug nach dem Süden zu erwischen. Es war ein Blatt im Buche meines Lebens, das war alles, und es gibt viele Blätter, die schlimmer, weit schlimmer sind als die, welche ich gesehen habe. Ich habe zuweilen behauptet – Leute, die es hörten, glaubten stets, es sei ein Scherz –, daß der Unterschied zwischen Menschen und Tieren darin besteht, daß die Menschen die Weibchen ihrer Art mißhandeln. Das läßt sich weder ein Wolf nach der feigste Coyote je zuschulden kommen. Selbst der Hund, der doch durch sein Zusammenleben mit dem Menschen verkommen ist, wird das nie tun. In diesem Punkt hat der Hund sich den Instinkt des wilden Tieres bewahrt, während der Mensch die meisten Instinkte des wilden Tieres – jedenfalls die meisten guten – verloren hat.

Schlimmere Blätter im Buche des Lebens als das, welches ich beschrieben habe? Lest die Berichte über die Kinderarbeit in den Vereinigten Staaten – im Osten, Westen, Norden und Süden, einerlei wo – und denkt daran, daß wir alle, die wir von der Arbeit anderer leben, viel schlimmere Blätter in das Buch des Lebens fügen als das ist, das einfach von einer Frau erzählt, die am Ufer des Susquehanna gepeitscht wurde.

Ich ging hundert Meter die Böschung hinunter bis zum Gleis, wo eine gute Stelle war, um den Zug zu entern, wenn er sich langsam die Anhöhe hinaufarbeitete, und hier stieß ich auf ein halbes Dutzend Landstreicher, die gleich mir warteten. Ein paar von ihnen spielten mit einem alten Spiel Karten. Ich machte mit. Ein Neger sollte mischen. Er war dick und jung und hatte ein rundes Gesicht. Er strahlte vor Wohlwollen. Er triefte förmlich davon. Als er mir die erste Karte gab, hielt er inne und sagte: »Sag', Kamerad, hab' ich dich nicht schon mal gesehen?«

»Ja, darauf kannst du Gift nehmen!« antwortete ich. »Und damals hattest du auch nicht dieselben Fetzen an.«

Er wurde verlegen.

»Erinnerst du dich an Buffalo?« fragte ich.

Da erkannte er mich und begrüßte mich mit Lachen und Ausrufen als alten Kameraden, denn in Buffalo war sein Zeug gestreift gewesen, wo er eine Strafe im Zuchthaus verbüßte. Übrigens war mein Zeug auch gestreift gewesen.

Das Spiel ging weiter, und ich erfuhr, um was wir

spielten. Zum Flusse ging ein schmaler, steiler Pfad hinunter. Ungefähr fünfundzwanzig Fuß unterhalb der Stelle, wo wir saßen, führte er an einer Quelle vorbei. Wer verlor, sollte in einer kleinen Dose, in der sich kondensierte Milch befunden hatte, Wasser für die Gewinner holen.

Das erste Spiel wurde zu Ende gespielt, und der Neger verlor. Er nahm die kleine Milchdose und kroch den Abhang hinunter, während wir oben saßen und uns über ihn lustig machten. Wir tranken wie die Schwämme. Für mich allein mußte er den Weg viermal machen, und die andern waren ebenso verschwenderisch mit der Flüssigkeit. Der Abhang war sehr steil, und manchmal stolperte der Neger, wenn er schon halb oben war, vergoß das Wasser und mußte wieder zurück und mehr holen. Aber er wurde nicht ärgerlich. Er lachte ebenso herzlich wie wir – daher stolperte er immer wieder. Und immer wieder versicherte er uns, welche ungeheure Menge Wasser er trinken wollte, wenn einer von uns verlieren würde.

Als unser Durst gelöscht war, begannen wir ein neues Spiel. Wieder verlor der Neger, und wieder tranken wir, soviel wir konnten. Ein drittes und viertes Spiel endete auf dieselbe Weise, und jedesmal lachte sich der rundgesichtige Neger halb tot bei dem Gedanken an das Schicksal, das der Zufall beständig ihm zuteil werden ließ. Und wir waren auch halb tot vor Lachen, so freuten wir uns. Wir lachten wie frohe, sorglose Kinder oder Götter, während wir am Rande des Abhanges lagen. Ich weiß noch, daß ich lachte, bis ich ein Gefühl hatte, als ob mein Kopf in Stücke gehen sollte, und ich trank aus der Milchdose, bis ich so voller Wasser war wie ein leckes Boot. Wir begannen ernsthaft zu besprechen, ob wir noch aufspringen könnten, wenn der Zug die Anhöhe heraufkam, so viel Wasser hatten wir getrunken. Dieser Gedanke war zuviel für den Neger. Er mußte mindestens fünf Minuten aufhören mit dem Wasserholen, legte sich auf den Boden und wand sich vor Lachen.

Die Schatten wurden tiefer und reichten immer weiter über den Fluß hinaus; die milde, kühle Dämmerung kam, und immer noch saßen wir da und tranken Wasser, und immer noch mußte unser schwarzer Mundschenk uns mehr holen. Vergessen war die Frau, die ich vor einer Stunde hatte gepeitscht werden sehen. Diese Seite im Buche des Lebens war umgeblättert; ich war dabei, ein neues Blatt zu lesen, und wenn die Lokomotive sich pfeifend die Anhöhe heraufarbeitete, war auch diese Seite beendet, und wieder eine neue begann. Und so liest man das Buch des Lebens Blatt für Blatt, zahllose Blätter – solange man jung ist.

Aber dann kam ein Spiel, das der Neger einmal nicht verlor. Das Opfer war ein magerer Landstreicher, der aussah, als wäre er magenleidend. Er hatte am wenigsten gelacht. Wir sagten, daß wir kein Wasser mehr haben wollten, was auch vollkommen der Wahrheit entsprach. Nicht für alle Schätze In-

diens, und wenn es mit der Luftpumpe in mich hineingepumpt worden wäre, hätte ich meinen sündigen, überfüllten Leib zwingen können, auch nur noch einen einzigen Tropfen aufzunehmen.
Der Neger machte ein enttäuschtes Gesicht, dann aber faßte er Mut und sagte, er möchte gern noch etwas Wasser haben. Und er meinte es auch so. Er verlangte Wasser, mehr und immer mehr Wasser.
Immer wieder mußte der melancholische Landstreicher den steilen Abhang auf und nieder klettern, und immer verlangte der Neger noch mehr. Er trank mehr Wasser als wir andern alle zusammen. Die Dämmerung wich der dunklen Nacht. Die Sterne kamen zum Vorschein, und er trank immer weiter. Ich glaube, wenn der Güterzug nicht gepfiffen hätte, so würde er noch dasitzen und sich mit Wasser und Rache berauschen, während sich der melancholische Landstreicher mühselig den Abhang hinauf- und wieder hinunterschleppte.
Aber der Zug pfiff. Diese Seite war fertig. Wir sprangen auf und stellten uns in einer Reihe am Bahndamm auf. Der Zug kam fauchend und schnaubend die Höhe herauf, die Laterne auf der Lokomotive machte die Nacht zum Tage und warf unsere Gestalten als dunkle Silhouetten auf den Abhang. Die Lokomotive kam vorüber, und wir liefen alle in der Richtung des Zuges, um mitzukommen. Einige erkletterten die eisernen Leitern an der Seite des Zuges, andere »sprengten« die Seitentüren leerer, geschlossener Güterwagen und kro-

chen hinein. Ich selbst erwischte einen offenen Güterwagen mit Stückgut und fand einen netten, geschützten Winkel. Ich lag auf dem Rücken, eine Zeitung als Kopfkissen unter dem Kopfe. Über mir schimmerten die Sterne wie Heerscharen, sie schwangen hin und her, wenn der Zug die Kurven nahm, und während ich so dalag und sie betrachtete, schlief ich ein.

Der Tag war vorbei – einer von allen meinen Tagen. Morgen kam wieder ein anderer Tag, und ich war jung.

GESCHNAPPT

Ich kam nach Niagara Falls in einem »Pullman mit Seitentüren« oder, wie es in der bürgerlichen Umgangssprache heißt, in einem geschlossenen Güterwagen. Ein offener Güterwagen heißt, nebenbei bemerkt, unter Brüdern eine »Gondel«. Ich kam also am Nachmittage an und machte mich gleich vom Güterzuge nach dem Wasserfall auf. Sobald meine Augen dies Wunder stürzender Wasser sahen, war ich verloren. Ich konnte mich lange nicht losreißen, konnte mich nicht entschließen, bei den »Eingeborenen« um Abendessen zu fechten. Selbst die Aussicht, »hereingebeten« zu werden, hätte mich nicht weglocken können. Die Nacht senkte sich herab, und ich blieb bis elf Uhr am Wasserfall sitzen. Dann mußte ich sehen, irgendwo unterzukriechen. Schlafen mußte ich, aber ich hatte eine Ahnung, daß Niagara Falls keine sehr geeignete Stadt für Landstreicher war, und so wanderte ich aufs Land hinaus. Ich kletterte über einen Zaun und legte mich auf das freie Feld. Ich schmeichelte mir, daß die

Polizei mich hier nicht finden würde. Ich lag auf dem Rücken im Grase und schlief wie ein Kind. Die Luft war so mild und balsamisch, daß ich die ganze Nacht nicht ein einziges Mal aufwachte. Aber mit dem ersten Tagesgrauen schlug ich die Augen auf und erinnerte mich an den wundervollen Wasserfall. Ich kletterte wieder über den Zaun und machte mich auf den Weg, um ihn noch einmal zu sehen. Es war früh – erst fünf Uhr –, und vor acht konnte ich nicht anfangen, für das Frühstück zu »arbeiten«. Ich konnte also mindestens drei Stunden am Flusse verbringen. Aber ach! Das Schicksal wollte, daß ich nie den Fluß oder den Wasserfall wiedersehen sollte.

Die Stadt schlief noch. Als ich die stille Straße hinabging, sah ich drei Männer mir auf dem Bürgersteig entgegenkommen. Sie gingen nebeneinander. Landstreicher, dachte ich, wie ich selber, die auch zeitig aufgestanden waren. Aber meine Annahme stimmte nicht oder doch nur zu zwei Drittel. Die beiden an den Seiten waren allerdings Landstreicher, der Mann in der Mitte aber nicht. Ich drückte mich ganz an den Rand des Bürgersteiges, um die drei vorbeizulassen. Aber sie gingen nicht vorbei. Der Mann in der Mitte sagte den andern etwas, worauf alle drei stehenblieben, und dann wandte er sich an mich.

Im selben Augenblick wußte ich, woher der Wind wehte. Es war ein Polizist, und die beiden Landstreicher waren seine Gefangenen. Die Polizei war auf frühe Vögel aus. Ich war ein früher Vogel. Hätte ich gewußt, was mir im nächsten Monat widerfahren sollte, so würde ich kehrtgemacht haben und gelaufen sein, als wäre der Teufel hinter mir her. Vielleicht würde der Polizist auf mich geschossen haben, aber er hätte mich jedenfalls treffen müssen, um mich zu kriegen. Er wäre nie hinter mir hergelaufen, denn zwei Landstreicher in der Hand sind mehr wert als einer auf der Flucht. Aber als er mich anhielt, stand ich da wie ein Ölgötze. Unsere Unterredung war kurz.

»In welchem Hotel sind Sie abgestiegen?« fragte er. Jetzt hatte er mich. Ich war in keinem Hotel abgestiegen und da ich nicht ein einziges Hotel der Stadt auch nur dem Namen nach kannte; konnte ich nicht den Anspruch erheben, in einem von ihnen zu wohnen. Außerdem war ich verdächtig früh auf den Beinen. Es hatte sich also alles gegen mich verschworen.

»Ich bin eben angekommen«, sagte ich.

»Schön, dann machen Sie kehrt und gehen Sie vor mir her, aber nicht zu weit voraus. Es wünscht Sie jemand zu sprechen.«

Ich war also »geschnappt«. Wer mich zu sprechen wünschte, wußte ich gut. Den Polizisten und die beiden Landstreicher hinter mir und dem Bescheid, den er mir gegeben, entsprechend, ging ich voraus nach dem städtischen Gefängnis. Dort wurden wir visitiert und unsere Namen eingetragen. Unter welchem Namen ich eingetragen wurde, habe ich vergessen. Ich gab den Namen Jack Drake an, bei der Visitation fanden sie jedoch Briefe, die an Jack London adressiert waren. Das verursachte natürlich Schwierigkeiten und erforderte Erklärungen, aber alles das habe ich längst vergessen, und noch heute weiß ich nicht, ob ich unter dem Namen Jack Drake oder Jack London geschnappt wurde. Aber einer von den beiden Namen muß jedenfalls heute noch im Gefängnisregister von Niagara Falls stehen, und man kann sich leicht Gewißheit darüber verschaffen. Es war Ende Juni achtzehnhundertundvierundneunzig. Ein paar Tage nach meiner Verhaftung brach der große Eisenbahnerstreik aus.

Vom Büro aus wurden wir ins »Landstreicherloch« gebracht und dort eingesperrt. Das »Landstreicherloch« ist der Teil des Gefängnisses, wo die leichteren Verbrecher in einem großen eisernen Käfig eingesperrt werden, und da die Landstreicher den größten Teil der leichteren Verbrecher ausmachen, hat man besagten eisernen Käfig nach ihnen benannt. Hier fanden wir schon mehrere Landstreicher vor, die alle am selben Morgen geschnappt worden waren, und jeden Augenblick öffnete sich die Tür, und zwei oder drei neuen flogen herein. Als wir schließlich alles in allem sechzehn Mann waren, wurden wir in den Gerichtssaal gebracht. Und jetzt werde ich genau berichten, was im Gerichtssaal vorging, denn Sie müssen wissen, daß meine Vaterlandsliebe und mein Bürgerstolz dort einen Stoß erhielten, den sie nie ganz überwunden haben.

Im Gerichtssaale befanden sich die sechzehn Gefangenen, der Richter und die beiden Gerichtsdiener. Der Richter war offenbar auch sein eigener Schreiber. Zeugen gab es nicht. Von den Bürgern von Niagara Falls war keiner anwesend, um zu sehen, wie die Gerechtigkeit in ihrer Gemeinde gepflegt wurde. Der Richter sah in die ihm vorgelegte Liste der Verbrecher und rief einen Namen auf. Ein Landstreicher erhob sich. Der Richter sah einen der Gerichtsdiener an. »Landstreicherei, Euer Gnaden«, sagte der Gerichtsdiener. »Einen Monat«, sagte Seine Gnaden. Der Landstreicher setzte sich. Der Richter rief einen neuen Namen auf, und ein neuer Landstreicher erhob sich. Das Verhör des ersten Landstreichers hatte genau fünfzehn Sekunden gedauert. Das des zweiten Landstreichers ging ebenso schnell. Der Gerichtsdiener sagte: »Landstreicherei, Euer Gnaden!«, und Seine Gnaden sagte: »Einen Monat.« Und so ging es wie ein Uhrwerk: fünfzehn Sekunden pro Landstreicher – und einen Monat.

Das ist doch ein blödes Vieh, dachte ich bei mir. Aber wartet nur, bis ich an der Reihe bin; ich werde Seiner Gnaden schon Bescheid sagen. Im weiteren Verlaufe der Vorstellung hatte Seine Gnaden plötzlich den Einfall, dem einen von uns Gelegenheit zu geben, etwas zu sagen. Dieser Mann war zufällig kein richtiger Landstreicher. Er besaß keines der Kennzeichen, die dem gewerbsmäßigen Strolch eigentümlich sind. Wenn er zu uns gekommen

wäre, während wir an einem Wasserbehälter saßen und auf einen Güterzug warteten, so würden wir ihn gleich als Außenseiter erkannt haben. Er schien nicht mehr ganz jung zu sein – meiner Schätzung nach etwa fünfundvierzig. Seine Schultern waren ein wenig schief, seine Züge verwittert.
Viele Jahre lang war er, seinem Bericht nach, Kutscher in einem Fuhrgeschäft, wenn ich mich recht entsinne, in Lockport (New York) gewesen. Es war bergab mit dem Geschäft gegangen, und als schließlich die schlechten Zeiten von achtzehnhundertunddreiundneunzig kamen, war es verkracht. Er war als einer der letzten von der Firma entlassen worden, wenn er auch in der letzten Zeit nur sehr unregelmäßig Arbeit gehabt hatte. Nun erklärte er des langen und breiten, wie schwierig es ihm in der letzten Zeit geworden sei, Arbeit zu erhalten (es gab ja so viele Arbeitslose). Schließlich war er zu dem Ergebnis gekommen, daß es leichter sein würde, an den Seen Arbeit zu finden, und nun war er auf der Reise nach Buffalo. Das war alles.
»Einen Monat«, sagte Seine Gnaden und rief den Namen eines anderen Landstreichers.
Der Aufgerufene erhob sich.
»Landstreicherei, Euer Gnaden«, sagte der Gerichtsdiener, und Seine Gnaden sagte: »Einen Monat.«
Und so ging es weiter: fünfzehn Sekunden, und einen Monat für jeden verhafteten Landstreicher. Die Maschine arbeitete glatt und fließend. Aller

Wahrscheinlichkeit nach – es war ja ganz früh morgens – hatte Seine Gnaden noch nicht gefrühstückt und hatte Eile.
Aber mein amerikanisches Blut begann zu kochen. Hinter mir standen viele Generationen amerikanischer Vorfahren. Eine der Freiheiten, für die diese Vorfahren gekämpft und das Leben gewagt hatten, war das Recht, von einer Jury abgeurteilt zu werden. Das war mein Erbteil, heilig, weil sie ihr Blut dafür vergossen hatten, und jetzt war es meine Sache, dafür einzustehen. Schön, sagte ich bei mir: warte nur, bis du zu mir kommst.
Und er kam zu mir. Mein Name, wie er nun war, wurde aufgerufen, und ich erhob mich. Der Gerichtsdiener sagte: »Landstreicherei, Euer Gnaden«, und dann begann ich zu reden. Aber gleichzeitig begann auch der Richter zu reden und sagte: »Einen Monat.« Ich wollte dagegen protestieren, aber schon war Seine Gnaden bei dem nächsten Landstreicher auf der Liste angelangt. Seine Gnaden hielt gerade so lange inne, um »Halt den Mund!« zu mir sagen zu können.
Und im selben Augenblick hatte der nächste Landstreicher seinen Monat bekommen, und der folgende war an der Reihe.
Als wir alle unser Teil hatten – jeder Mann einen Monat – und Seine Gnaden schon im Begriff stand, uns wegzuschicken, wandte er sich plötzlich nochmals an den Kutscher aus Lockport – dem einzigen, dem er erlaubt hatte, etwas zu sagen.

»Warum haben Sie Ihre Arbeit aufgegeben?« fragte Seine Gnaden.

Nun hatte der Kutscher schon erklärt, warum er seine Arbeit verloren hatte, und er war daher etwas bestürzt über die Frage.

»Euer Gnaden«, begann er verwirrt, »ist das nicht eine merkwürdige Frage?«

»Noch einen Monat, weil Sie Ihre Arbeit verlassen haben«, sagte Seine Gnaden, und damit war die Gerichtssitzung geschlossen. Das war also das Ergebnis. Der Kutscher bekam zwei Monate, wir anderen einen.

Ich war vollkommen verstört. Ich war zu Gefängnis verurteilt nach einer verrückten Art von Verhör, bei dem mir nicht nur mein Recht, von einer Jury abgeurteilt zu werden, sondern auch das Recht versagt worden war, mich schuldig zu bekennen oder nicht. Noch eines war mir eingefallen, wofür meine Väter gekämpft hatten – die Habeaskorpusakte. Ich wollte es ihnen schon zeigen! Als ich aber einen Rechtsanwalt verlangte, wurde ich ausgelacht! Die Habeaskorpusakte war selbstverständlich sehr gut, aber was nützte sie mir, wenn ich mit niemandem außerhalb des Kittchens in Berühung kommen konnte? Aber ich wollte es ihnen doch schon zeigen! Man konnte mich ja nicht in alle Ewigkeit im Gefängnis behalten. Sie sollten nur warten, bis ich herauskam! Ich wollte ihnen tüchtig eins auswischen. Ich kannte das Gesetz und meine eigenen Rechte, und ich wollte der Welt zeigen, wie elend das Recht verwaltet wurde. Visionen von Schadenersatzprozessen und schreienden Zeitungsüberschriften tanzten mir vor Augen, als die Gefängniswärter hereinkamen und damit anfingen, uns ins Hauptbüro zu treiben.

Ein Polizist ließ ein Handeisen um mein rechtes Handgelenk zusammenschnappen. (Aha, dachte ich, eine neue Schändlichkeit. Wartet nur, bis ich wieder draußen bin!) Das andere Handeisen, das mit dem ersten durch eine Kette verbunden war, schloß er um das linke Handgelenk eines Negers. Es war ein sehr großer Neger, reichlich sechs Fuß hoch – so groß war er, daß seine Hand, als wir Seite an Seite dastanden, die meine an dem Handeisen ein wenig hochhob. Dazu war er der vergnügteste und zerlumpteste Neger, den ich je gesehen habe.

Wir wurden alle auf gleiche Art paarweise aneinandergefesselt. Als dies geschehen war, wurde eine blanke Nickelstange geholt, durch die Gelenke der Handeisen gesteckt und an beiden Enden der doppelten Reihe verschlossen. Jetzt waren wir eine Horde von Kettensträflingen. Der Befehl zum Abmarsch wurde gegeben, und wir gingen, von zwei Polizisten bewacht, auf die Straße. Der große Neger und ich hatten den Ehrenplatz. Wir führten den Zug an.

Nach dem Grabesdunkel, das im Gefängnis geherrscht hatte, war das Sonnenlicht geradezu blendend. Noch nie war mir das Sonnenlicht so wunderbar erschienen wie jetzt, da ich als Gefangener mit klirrenden Ketten dastand und wußte, daß ich es für einen ganzen Monat zum letzten Male sah. Durch die Straßen von Niagara Falls marschierten wir zum Bahnhof, angestarrt von neugierigen Fußgängern und namentlich von einer Schar Touristen, die, als wir vorbeimarschierten, auf der Veranda eines Hotels saß.

Die Kette hing ziemlich lose, und unter Rasseln und Klirren setzten wir uns, je zwei und zwei, auf die Sitze eines Raucherabteils. Wenn ich auch von glühendem Haß über den Hohn erfüllt war, der mir und meinen Vorfahren erwiesen worden, war ich doch zu prosaisch und praktisch, als daß ich deswegen den Kopf verloren hätte. Alles war neu für mich. Dreißig in einen geheimnisvollen Schleier gehüllte Tage lagen vor mir, und ich sah mich nach jemandem um, der mir einige Auskünfte erteilen konnte. Ich hatte nämlich erfahren, daß unser Bestimmungsort nicht ein elendes kleines Gefängnis mit so um hundert Gefangenen, sondern ein ausgewachsenes Zuchthaus war, in dem mehrere tausend Gefangene von zehn Tagen bis zu zehn Jahren saßen.

Auf dem Sitz hinter mir saß, das Handgelenk an die Kette geschlossen, ein vierschrötiger, schwergebauter Mann mit mächtigen Muskeln. Er mochte zwischen fünfunddreißig und vierzig Jahre alt sein. Ich sah ihn mir an. In seinen Augenwinkeln waren Humor, Lachen und Freundlichkeit versteckt. Im übrigen sah er aus wie ein brutales Tier, gänzlich unmoralisch und mit der ganzen Leidenschaftlichkeit und zügellosen Heftigkeit eines Tieres. Was ihn rettete, was ihn in meinen Augen brauchbar für mich machte, waren eben die Augenwinkel – der Humor, das Lachen und die Freundlichkeit des Tieres, solange es nicht gereizt ist.

Er war ein gefundenes Fressen für mich. Ich machte mich beliebt bei ihm. Während sich der große Neger, mein Kettenkamerad, kichernd und lachend über seine Wäsche beklagte, die er durch die Verhaftung verlor, und während der Zug weiter nach Buffalo fuhr, sprach ich mit dem Manne hinter mir. Seine Pfeife war leer. Ich stopfte sie ihm mit meinem teuren Tabak – es ging so viel drauf, daß ich mir ein Dutzend Zigaretten daraus hätte drehen können. Aber je mehr wir miteinander sprachen, um so überzeugter wurde ich, den Mann, den ich suchte, gefunden zu haben, und so teilte ich meinen Tabak mit ihm.

Nun ist mein Organismus zufällig leichtflüssig genug geartet, um dem Leben selbst genügend verwandt zu sein und sich fast jeder Lage anzupassen. Ich bemühte mich nun auch, mich dem Manne anzupassen, obwohl ich noch keine Ahnung hatte, welchen Wert er für mich haben würde. Er war noch nie in dem Zuchthaus gewesen, in das wir kommen sollten, aber er hatte ein, zwei oder drei Jahre in verschiedenen andern Zuchthäusern gesessen und wußte fabelhaft Bescheid. Wir wurden gute Freunde, und mein Herz klopfte vor Freude, als er mir riet, ihm in allem zu folgen. Er nannte mich »Jack«, und ich nannte ihn ebenfalls »Jack«. An einer Station, ungefähr fünf Meilen vor Buffalo, hielt der Zug, und wir, die Kettensklaven, standen auf. Ich weiß nicht mehr, wie die Station heißt, aber ich bin überzeugt, daß es so etwas wie Rocklyn, Rockwood, Black Rock, Rockcastle oder Newcastle war. Wie sie nun auch heißen mochte, jedenfalls mußten wir eine ganze Strecke marschieren und wurden dann in einen Straßenbahnwagen gesetzt. Es war ein alter Wagen mit einer Bank an jeder Seite. Alle Fahrgäste, die auf der einen Seite saßen, wurden ersucht, sich auf die andere zu begeben, und wir nahmen mit vielem Kettenrasseln und -klirren ihre Plätze ein. Wir saßen, wie ich mich entsinne, ihnen gerade gegenüber, und ich erinnere mich auch noch, wie erschrocken einige Frauen aussahen, die uns zweifellos für Mörder und Bankräuber hielten. Ich versuchte, so grimmig wie möglich auszusehen, aber mein Kettenkamerad, der lustige Neger, rollte die Augen, wobei er lachte und immer wieder »Ogottogott!« sagte.

Als wir den Wagen verließen, mußten wir noch ein Stück laufen und wurden dann in das Büro des Erie-County-Zuchthauses gebracht. Hier sollten wir wieder eingetragen werden, und im Register dort wird man also einen oder den andern meiner Namen finden können. Dann wurde uns gesagt, daß wir alle unsre Wertsachen im Büro abgeben müßten: Geld, Tabak, Streichhölzer, Taschenmesser und so weiter. Mein neuer Freund sah mich an und schüttelte den Kopf.

»Wenn ihr eure Sachen nicht hier laßt, so werden sie im Gefängnis selbst beschlagnahmt«, warnte der Beamte.

Aber mein Freund schüttelte immer noch den Kopf. Er hatte etwas mit seinen Händen vor, tat es aber hinter dem Rücken der andern Gefangenen, so daß der Beamte es nicht sehen konnte. Die Handeisen waren uns abgenommen. Ich betrachtete ihn aufmerksam, und seinem Beispiel folgend, knüpfte ich alles, was ich mit ins Gefängnis nehmen wollte, in mein Taschentuch. Das Bündel steckten wir dann ins Hemd. Ich bemerkte, daß keiner unsrer Mitgefangenen dem Manne im Büro sein Eigentum übergab, mit Ausnahme von einigen, die Uhren hatten. Alle waren fest entschlossen, die Sachen auf irgendeine Weise einzuschmuggeln, und verließen sich auf ihr gutes Glück, waren aber nicht so klug wie mein Freund, denn sie knüpften die Sachen nicht zusammen.

Unsre bisherigen Wächter nahmen Handschellen und Ketten und fuhren nach Niagara Falls zurück, während wir, unter der Obhut neuer Wächter, ins Gefängnis geführt wurden. Wir waren noch im Büro, als man schon ganze Schwadronen neuer Gefangener brachte, so daß wir eine Ansammlung von vierzig bis fünfzig Mann bildeten.

Euch, die ihr nicht im Gefängnis sitzt, sei gesagt, daß aller Verkehr in einem großen Gefängnis ebenso beschränkt ist wie der Handelsverkehr im Mittelalter. Alle paar Schritte stößt man auf schwere eiserne Türen und Tore, die immer verschlossen sind. Wir wurden jetzt in die Barbierstube gebracht, aber immer wieder stießen wir auf Hindernisse in Form von Türen, die erst aufgesperrt werden mußten. So wurden wir gleich in der »Halle« aufgehalten. Eine »Halle« ist kein Korridor. Stellt euch einen länglichen Kubus vor, der aus Mauersteinen erbaut und ganze sechs Stock hoch ist. Jedes Stockwerk enthält eine Reihe – sagen wir fünfzig Zellen. Kurz, stellt euch einen mächtigen rechteckigen Bienenkorb vor. Setzt ihn auf den Boden und baut ein Haus herum mit einem Dach darüber und Mauern ringsum, und ihr habt eine »Halle« des Erie-County-Zuchthauses. Um das Bild zu vervollständigen, denkt euch noch eine schmale Galerie mit eisernem Geländer, das an all diesen Zellenreihen entlangläuft, und stellt euch vor, daß alle diese Galerien an beiden Enden des Rechtecks durch ein System eiserner Feuerleitern verbunden sind.

Gleich in der ersten Halle mußten wir haltmachen und auf einen Beamten warten, der die Tür aufschließen sollte. Hier und dort sahen wir Sträflinge mit kurzgeschorenem Haar, glattrasiertem Gesicht und in der gestreiften Anstaltskleidung. Mir fiel namentlich ein Gefangener auf, der oben auf der Galerie vor der dritten Zellenreihe stand. Er lehnte sich mit aufgestützten Armen über das Geländer, scheinbar ohne sich im geringsten um unsere Anwesenheit zu bekümmern. Er sah aus, als starre er nur ins Leere. Mein Freund stieß einen gedämpften Zischlaut aus. Der Sträfling sah herunter. Die beiden machten sich Zeichen mit der Hand. Dann sah ich das Bündel meines Freundes durch die Luft sausen. Der Sträfling ergriff es, hatte es schnell wie der Blitz ins Hemd gesteckt und starrte nun wieder ins Leere. Mein Freund hatte gesagt, ich solle ihm alles nachmachen. Ich paßte einen Augenblick ab, als der Wärter mir den Rücken zukehrte, und schon befand sich mein Bündel neben dem andern im Hemd des Sträflings.

Eine Minute später wurde die Tür geöffnet, und wir marschierten in einer langen Reihe in die Barbierstube. Hier befanden sich mehrere Leute in gestreifter Sträflingskleidung. Es waren die Gefängnisbarbiere. Hier gab es auch Badewannen, warmes Wasser, Seife und Bürsten. Wir erhielten Befehl, uns auszuziehen und zu baden, wobei einer immer den andern abschrubbte – eine unnötige Sicherheitsmaßregel, denn das Gefängnis wimmelte von Ungeziefer. Nach dem Bade erhielt jeder einen Leinensack für seine Kleider.

»Tut alle Kleider in die Säcke«, sagte der Aufseher. »Versucht nicht, etwas einzuschmuggeln. Ihr müßt euch nackt untersuchen lassen. Alle, die zu einem Monat oder weniger verurteilt sind, behalten ihre Schuhe und Hosenträger. Wer zu mehr als einem Monat verurteilt ist, behält nichts.«

Diese Mitteilung löste große Bestürzung aus. Wie

konnte man nackt etwas an einem untersuchenden Aufseher vorbeischmuggeln? Nur mein Freund und ich waren sicher. Aber jetzt traten die Gefängnisbarbiere in Aktion. Sie gingen unter den Neuankömmlingen umher, erboten sich freundlich, all ihr teures Eigentum aufzubewahren und es ihnen später am Tage wiederzugeben. Die Barbiere waren die reinen Menschenfreunde – wenn man sie reden hörte. Sofort waren alle Taschen leer. Streichhölzer, Tabak, Zigarettenpapier, Pfeifen, Messer, Geld – alles verschwand in den geräumigen Hemden der Barbiere. Sie schwollen geradezu unter der Beute, und die Aufseher taten, als sähen sie nichts. Um kurz zu sein: es wurde nicht das Geringste zurückgegeben. Die Barbiere hatten nie die Absicht gehabt, das, was sie genommen hatten, wiederzugeben. Das sahen sie für ihren berechtigten Gewinn an. Es war ein kleiner Nebenverdienst der Barbiere. Wie ich bald erfahren sollte, gab es mancherlei Nebeneinnahmen im Gefängnis, und – dank meinem neuen Freunde – lernte auch ich bald, wie man sie sich verschaffen konnte.

Es waren mehrere Stühle da, und die Barbiere arbeiteten schnell. Ich habe noch nie Leute so schnell rasiert und geschoren werden sehen. Die Gefangenen seiften sich selbst ein, und die Barbiere rasierten sie mit einer Geschwindigkeit von einer Minute pro Mann. Das Haarschneiden dauerte eine Kleinigkeit länger. In drei Minuten war mein Gesicht von den Daunen meiner achtzehn Jahre befreit und der

Kopf so glatt wie eine Billardkugel, mit einer leichten Andeutung von Borsten. Vollbärte, Schnurrbärte, Kleider, alles verschwand. Auf mein Wort: wir boten einen schlimmen Anblick, als wir fertig waren.
Ich merkte erst jetzt so recht, was für gottverlassene Menschen wir in Wirklichkeit waren.
Dann mußten wir vierzig bis fünfzig Mann uns nackt aufstellen. Es war nicht schwer, uns zu untersuchen. Es waren nur unsre Schuhe und wir selber. Zwei, drei unbesonnene Geister, die der Redlichkeit der Barbiere mißtraut hatten, trugen ihre Sachen bei sich – und diese Sachen, nämlich Tabak, Pfeifen, Streichhölzer und Kleingeld, wurden sofort beschlagnahmt. Als das besorgt war, wurden uns unsre neuen Kleider ausgeliefert: solide Sträflingshemden nebst Jacken und Hosen mit sehr auffallenden Streifen. Ich hatte immer geglaubt, daß man erst, wenn man wegen eines schweren Verbrechens verurteilt sei, die gestreifte Sträflingstracht tragen müsse. Jetzt wußte ich besser Bescheid, und nachdem ich die Zeichen der Schande angelegt hatte, bekam ich den ersten Vorgeschmack von einem »Kettenmarsch«.
Einzeln, dicht hintereinander, jeder die Hände auf den Schultern seines Vordermannes, marschierten wir in eine andre große Halle. Hier wurden wir in einer langen Reihe an die Mauer gestellt und erhielten Befehl, den linken Arm zu entblößen. Ein junger Mann, Student der Medizin, der sich an

solchem Viehzeug wie wir üben sollte, schritt die Reihe entlang. Er impfte ungefähr viermal so schnell, wie die Barbiere rasiert hatten. Mit einer letzten Ermahnung, daß wir uns nicht kratzen und daß wir das Blut eintrocknen lassen sollten, so daß eine Kruste entstände, wurden wir in unsre Zellen geführt. Jetzt wurde ich von meinem Freunde getrennt, aber vorher konnte er mir noch zuflüstern: »Saug' es aus.«

Sobald ich eingesperrt war, sog ich die Impfstelle aus. Und hinterher sah ich Leute, die es nicht getan und nun furchtbare Löcher im Arm hatten, Löcher, in die ich die geballte Faust hineinstecken konnte. Es war ihre eigene Schuld. Sie hätten es aussaugen können.

Die Zelle hatte außer mir noch einen Bewohner, einen jungen, kräftigen Burschen, der nicht sehr gesprächig, aber sehr tüchtig war. Ja, er war ein so netter Bursche, wie man ihn sich an einem solchen Orte nur wünschen kann, und das, obgleich er eben erst seine zwei Jahre im Zuchthaus von Ohio abgesessen hatte.

Wir waren kaum eine halbe Stunde in der Zelle, als ein Sträfling die Galerie herabgeschlendert kam und hereinguckte. Es war mein Freund. Er durfte sich, wie er erklärte, frei in der Halle bewegen. Morgens um sechs Uhr wurde er aus seiner Zelle gelassen und erst abends wieder eingesperrt. Er hatte sich mit dem Oberaufseher der Halle befreundet und war zum Vertrauensmann, wie man im Gefängnis sagt, ernannt worden. Der Mann, der ihn ernannt hatte, war ebenfalls Sträfling und erster Vertrauensmann. Es gab dreizehn derartige Vertrauensmänner in der Halle. Zehn von ihnen hatten die Aufsicht über je eine Galerie, und über ihnen standen der erste, zweite und dritte Vertrauensmann.

Wir Neuankömmlinge sollten den Rest des Tages über in unseren Zellen bleiben, wie mein Freund mir sagte, damit die geimpften Stellen aufgehen konnten. Am nächsten Morgen sollten wir dann an die schwere Arbeit im Gefängnishof gehen.

»Aber ich werde dich von der Arbeit frei machen, sobald ich kann«, versprach er. »Ich werde es schon fertigkriegen, daß einer der Vertrauensmänner rausgeschmissen wird, und dann kannst du seine Stelle bekommen.«

Er steckte die Hand ins Hemd, zog das Taschentuch, das mein teures Eigentum enthielt, heraus, reichte es mir durch die Eisenstangen und ging weiter die Galerie hinunter.

Ich knüpfte das Bündel auf. Es war alles da. Nicht ein Streichholz fehlte. Ich teilte eine Zigarette mit meinem Zellengenossen. Als ich ein Streichholz anstecken wollte, um Feuer zu erhalten, hinderte er mich daran. Auf jeder der bloßen Pritschen lag eine dünne, dreckige, baumwollene Decke – das war alles Bettzeug, das uns zustand. Er riß einen schmalen Streifen von dem dünnen Stoff und drehte ihn zu einer langen dünnen Rolle zusammen. Die zündete er mit einem unsrer teuren Streichhölzer an.

Die dicht zusammengedrehte Stoffrolle flammte nicht auf, sondern glimmte langsam an dem einen Ende, und die schwache Glut schwelte weiter. Es konnte mehrere Stunden anhalten, und mein Kamerad nannte es eine Lunte. Wenn sie aufgebrannt war, brauchten wir nur eine neue Lunte zu machen, das Ende an die alte zu halten, daraufzublasen und die Glut auf diese Weise von einer auf die andre Rolle zu übertragen. Wirklich, wir hätten Prometheus einen guten Rat für die Bewahrung des Feuers erteilen können.

Um zwölf Uhr gab es das Mittagessen. In der Tür unseres Käfigs befand sich unten am Boden eine kleine Luke, wie die Schiebetür eines Hühnerstalles. Durch diese Öffnung wurden zwei tüchtige Stücke trockenen Brotes und zwei Krüge Suppe hereingeschoben. Eine Portion Suppe bestand aus etwa einem Liter warmen Wassers, auf dessen Oberfläche ein einsames Fettauge schwamm. Und dann war übrigens auch noch etwas Salz im Wasser. Wir tranken die Suppe, aßen aber nicht das Brot. Das taten wir nicht etwa, weil wir keinen Hunger hatten oder das Brot ungenießbar war. Es war in Wirklichkeit ganz gutes Brot. Aber wir hatten unsre Gründe. Mein Kamerad hatte nämlich entdeckt, daß die ganze Zelle von Wanzen wimmelte. In allen Spalten und Fugen zwischen den Mauersteinen, wo der Kalk herausgefallen war, gediehen große Kolonien, ja, sie wagten sich sogar bei vollem Tageslicht heraus und schwärmten zu Hunderten über Wände

und Decke. Mein Kamerad wußte gut Bescheid mit der Lebensweise dieser Tiere. Er kämpfte wie ein rasender Roland. Eine solche Schlacht war noch nicht dagewesen. Sie dauerte mehrere Stunden. Es war die wildeste Metzelei, und als die letzten Überlebenden in ihre feste Burg von Stein und Kalk geflohen waren, war die Arbeit erst halb getan. Wir kauten unser Brot, bis es fest und klebrig wie Kitt war. Jedesmal, wenn einer unserer Feinde in eine Mauerritze entkam, vermauerten wir sie gleich mit dem Brotmörtel. Wir arbeiteten, bis es dunkel wurde und jedes Loch, jeder Winkel und jede Ritze geschlossen war. Mich schaudert bei dem Gedanken an die furchtbaren Tragödien mit Hungertod und Kannibalismus, die sich hinter den mit Brot verkleisterten Mauern abgespielt haben müssen.
Dann warfen wir uns ermattet und hungrig auf unsre Pritschen und warteten auf unser Abendessen. Wir hatten ein sehr befriedigendes Tagewerk auf besonders befriedigende Weise ausgeführt. In den kommenden Wochen hatten wir nicht unter diesen Heerscharen von Ungeziefer zu leiden. Wir hatten unser Mittagessen geopfert, hatten unsre Haut auf Kosten unsrer hungrigen Magen gerettet und waren zufrieden. Aber ach, wie müßig sind alle menschlichen Bemühungen! Kaum war unsre große Arbeit beendet, als ein Gefängniswärter die Tür öffnete. Die Gefangenen wurden neu verteilt, man führte uns zwei Galerien höher in eine andre Zelle und sperrte uns dort ein. Früh am nächsten Morgen

wurden unsere Zellen geöffnet, und im Kettenmarsch mußten wir – mehrere hundert Gefangene – in die Halle hinuntertraben, von wo wir in den Gefängnishof marschierten, um an unsre Arbeit zu gehen. Gerade im hinteren Hof des Erie-County-Zuchthauses läuft der Erie-Kanal vorbei. Unsere Arbeit bestand darin, Kanalboote zu lotsen und schwere Ankerbolzen, ähnlich wie Eisenbahnschienen, auf unsern Schultern ins Gefängnis zu tragen.
Während der Arbeit erwog ich dann meine Lage und berechnete die Möglichkeit einer Flucht. Es gab nicht die geringste Möglichkeit. Auf dem obersten Rande der Mauer marschierten immer Gefängniswärter mit Repetiergewehren, und ich erfuhr außerdem, daß in den Wachttürmen Maschinengewehre aufgestellt waren.
Ich zerbrach mir nicht weiter den Kopf darüber. Ein Monat war keine Ewigkeit. Ich blieb eben den Monat da und sammelte noch mehr Material gegen die Henker der Gerechtigkeit, mit denen ich abrechnen wollte, wenn ich wieder herauskam. Ich wollte zeigen, was ein junger Amerikaner vermochte, wenn seine Rechte und Vorrechte mit Füßen getreten wurden, wie es mir geschehen war. Es war mir verwehrt worden, von einer Jury abgeurteilt zu werden; mein Recht, mich schuldig zu bekennen oder zu leugnen, war mir verweigert worden, ja, man hatte mir nicht einmal nach Gesetz und Recht mein Urteil gesprochen – denn das, was ich in Niagara Falls erlebt hatte, konnte ich nicht Gesetz

und Recht nennen. Ich hatte nicht die Erlaubnis erhalten, mich mit einem Anwalt in Verbindung zu setzen, und darum war mir auch mein Recht auf die Habeaskorpusakte versagt worden. Ich war rasiert, das Haar war mir bis auf die Haut abgeschoren worden, man hatte mir die gestreifte Sträflingstracht angezogen. Ich wurde zu schwerer Arbeit gezwungen, ohne etwas anderes als Wasser und Brot für meinen Lebensunterhalt zu bekommen, und mußte im Kettenmarsch unter Aufsicht bewaffneter Wächter gehen – und warum? Was hatte ich getan? Welches Verbrechen hatte ich an den guten Bürgern in Niagara Falls begangen, daß ich eine solche Strafe erdulden mußte? Ich hatte nicht einmal ihr Verbot, auf ihrem Boden zu schlafen, verletzt. Ich hatte die Nacht außerhalb der Stadt, ganz draußen auf dem Lande geschlafen. Ich hatte nicht einmal um ein Mittagessen gefochten oder jemand in ihren Straßen um einen Pfennig angebettelt. Alles, was ich tat, war, daß ich den Bürgersteig entlangspaziert war und mir ihren blöden Wasserfall angesehen hatte. War das eine Sünde? Nein, ich hatte mich keines Verbrechens schuldig gemacht. Aber das wollte ich ihnen schon zeigen, wenn ich herauskam!

Am nächsten Tage sprach ich mit einem Wärter. Ich verlangte, daß nach einem Rechtsanwalt geschickt würde. Der Wärter lachte mich aus, und das taten die andern Wärter auch. Ich war tatsächlich ohne die geringste Verbindung mit der Außenwelt.

Ich versuchte einen Brief zu schreiben, erfuhr aber, daß alle Briefe von den Gefängnisbeamten gelesen, zensuriert oder beschlagnahmt wurden, und daß Leute, die zu kürzerer Gefängnisstrafe verurteilt waren, unter keinen Umständen Briefe schreiben durften. Kurz darauf versuchte ich, Briefe durch entlassene Sträflinge hinauszuschmuggeln, erfuhr aber, daß sie untersucht worden waren, und daß man die Briefe gefunden und vernichtet hatte. Nun ja, auch das war gleichgültig. Um so schlimmer für die Behörden, wenn ich herauskam.

Aber mit den Tagen – im folgenden Kapitel werde ich einen ganzen Monat im Gefängnis beschreiben – lernte ich mancherlei. Ich hörte Geschichten von der Polizei, von Gerichten und Anwälten, die einfach unglaublich und haarsträubend waren. Gefangene erzählten mir von persönlichen Erlebnissen mit der Polizei in großen Städten, die geradezu fürchterlich waren. Und noch fürchterlicher waren die Erzählungen, die sie von andern gehört hatten über Leute, die geradezu von der Polizei ermordet worden waren und daher nicht selber Zeugnis ablegen konnten. Viele Jahre später sollte ich im Bericht der Lexow-Kommission Geschichten lesen, die vollkommen wahr und noch entsetzlicher waren als die, die meine Mitgefangenen mir erzählten. Aber in den ersten Tagen meines Aufenthaltes im Gefängnis lachte ich über das, was ich hörte.

Mit der Zeit begann ich indessen überzeugt zu werden. Ich sah mit eigenen Augen hier im Gefäng-

nis einfach unglaubliche und haarsträubende Dinge. Und je überzeugter ich wurde, desto mehr verlor ich die Achtung vor den Bluthunden des Gesetzes und der ganzen Einrichtung, die sich mit Leuten beschäftigt, welche sich gegen die Gesetze vergangen haben.
Meine Erbitterung schwand langsam, und eine Flut von Angst ergoß sich über mich. Ich sah plötzlich klar und deutlich, welcher Macht ich gegenüberstand. Ich wurde demütig und bescheiden. Mit jedem Tag wurde mein Entschluß, keinen Spektakel zu machen, wenn ich herauskam, fester und sicherer. Alles, was ich verlangte, war eine Möglichkeit, aus der Gegend zu verschwinden, sobald ich wieder in Freiheit war. Ich hielt den Mund und schlich mich, klüger und demütiger als ich je gewesen war, vorsichtig aus Pennsylvanien hinaus.

IN GESTREIFTER TRACHT

Zwei Tage schuftete ich im Gefängnishof. Es war schwere Arbeit, und obwohl ich mich drückte, wo es ging, war ich bald vollkommen fertig. Daran war jedoch hauptsächlich das Essen schuld. Niemand konnte bei solcher Kost schwere Arbeit leisten. Wasser und Brot, das war alles, was wir erhielten. Einmal in der Woche sollten wir Fleisch bekommen; aber es reichte nicht immer für alle, und da man doch schon allen Nährwert für die Suppe herausgekocht hatte, war es ziemlich gleichgültig, ob man einmal in der Woche den Geschmack von Fleisch in den Mund bekam oder nicht.

Ein weiterer, sehr wesentlicher Mangel an der Wasser-und-Brot-Kost war, daß wir zwar sehr viel Wasser, aber nicht genug Brot bekamen. Eine Brotration war ungefähr so groß wie zwei geballte Fäuste, und von diesen Rationen erhielt jeder Gefangene drei am Tage. Ein Gutes hatte das Wasser, das muß man sagen: es war warm. Morgens hieß es Kaffee, mittags wurde es mit der Bezeichnung

Suppe beehrt, während es abends unter dem Namen Tee auftrat. Aber deshalb war es doch immer dasselbe Wasser. Die Gefangenen nannten es »Zauberwasser«. Morgens war es schwarz, was daher kam, daß es mit gebrannten Brotkrumen gekocht wurde. Mittags wurde es ohne Farbe, aber mit Salz und einem kleinen Fettauge, und abends mit einer dunkelviolett-kastanienbraunen Farbe serviert, die uns unlösbare Rätsel aufgab; kurz, es war verflucht schlechter Tee, aber herrlich warmes Wasser. Wir waren eine hungrige Gesellschaft im Erie-County-Zuchthause. Nur die für längere Zeit Eingesperrten wußten, was reichliches Essen war; denn hätten sie die Kost erhalten, die uns, den nur zu kurzer Haft Verurteilten, zustand, so wären sie kaum in der Lage gewesen, ihre Strafe lebend zu verbüßen. Sie erhielten also ein bedeutend nahrhafteres Essen, und da wir ihrer mehrere in unserer Halle hatten, so konnte ich als Vertrauensmann beim Austeilen der Rationen mancherlei für mich beiseite bringen. Der Mensch kann eben nicht von Brot allein leben, wenn er davon nicht mal genug bekommt.

Mein Kamerad hielt Wort. Nach zweitägiger Arbeit auf dem Gefängnishof wurde ich aus meiner Zelle herausgeholt und zum Vertrauensmann gemacht. Morgens und abends mußten wir den Gefangenen das Brot in die Zellen bringen, um zwölf aber geschah die Verteilung auf eine andere Weise: Die Gefangenen kamen in einer langen Reihe von der

Arbeit hereinmarschiert. Beim Eintreten wurde die Kette aufgelöst, und jeder nahm die Hände von den Schultern seines Vordermannes. Drinnen hatten sich der erste Vertrauensmann und die beiden Vertrauensmänner zweiten Ranges mit großen Mulden voll Brot aufgestellt. Ich war einer der beiden. Wir mußten die Mulden halten, während die Sträflinge vorüberzogen. Sobald die Mulde, die der eine hielt, leer war, nahm der andere seinen Platz mit einer vollen Mulde ein. Und so kam die ganze Bande, einer nach dem andern, vorbeigetrabt, und jeder streckte die linke Hand aus und nahm eine Ration Brot aus der Mulde.

Der erste Vertrauensmann hatte ein besonderes Amt. Er trug eine Keule, stand neben der Mulde und paßte auf. Die hungrigen armen Teufel konnten nie von der irrigen Vorstellung abgebracht werden, daß sie gelegentlich Glück haben und zwei Rationen aus der Mulde erwischen könnten. Solange ich da war, hatten sie nie das Glück. Schnell wie die Tatze eines Tigers fuhr die Keule des ersten Vertrauensmannes herab und traf die Hand, die so kühn gewesen war, den Versuch zu wagen. Der erste Vertrauensmann hatte einen guten Blick für Entfernungen, und seine Keule mochte schon viele Hände getroffen haben. Er traf nie daneben, und dazu strafte er den Sünder in der Regel noch, indem er ihm die eine, ihm gebührende Ration auch noch nahm und ihn in die Zelle schickte, wo er seinen Hunger mit dem warmen Wasser stillen konnte.

Manchmal habe ich, während alle diese Leute in ihren Zellen lagen und hungerten, gesehen, wie an hundert Rationen in die Zellen der Vertrauensmänner wanderten. Es mag sinnlos scheinen, daß wir all das Brot zurückhielten. Aber das war eine unserer kleinen Nebeneinnahmen. In wirtschaftlicher Beziehung beherrschten wir unsere Halle, und die Art, wie wir unser Geschäft betrieben, hatte viel Ähnlichkeit mit den Methoden, die die großen Finanzmänner unter zivilisierten Verhältnissen anwenden. Wir beherrschten die Lebensmittelzufuhr der ganzen Bevölkerung, und genau wie die andern Banditen draußen, ließen wir das Volk ganz wahnsinnige Preise dafür bezahlen. Mit dem Brot machten wir Geschäfte. Einmal wöchentlich erhielten die Leute, die im Hofe arbeiteten, für fünf Cent Kautabak. Dieser Kautabak war die Landesmünze. Zwei bis drei Rationen Brot für ein Stück Kautabak – das war die Regel, und sie ließen sich auf das Geschäft ein, nicht, weil sie sich weniger aus dem Tabak, sondern weil sie sich mehr aus dem Brot machten. Oh, ich weiß gut, daß es dasselbe war, als wenn man einem kleinen Kinde Bonbons stehlen wollte; aber was soll man dazu sagen? Man mußte doch leben. Und selbstverständlich muß man doch gewisse Vorteile davon haben, daß man im Besitz von Tatkraft und Unternehmungslust ist. Zudem taten wir ja nur, was Leute, die weit über uns standen, außerhalb der Gefängnismauern taten; Leute, die es in größerem Maßstabe und respek-

tablen Verkleidungen als Kaufleute, Bankiers und Industriefürsten ganz ebenso wie wir machten. Wie schrecklich sich übrigens das Dasein für die armen Teufel geformt hätte, wenn wir nicht gewesen wären, kann ich mir gar nicht vorstellen. Der Himmel weiß, daß wir im Erie-County-Zuchthause Brot in Umlauf brachten. Und dabei mahnten wir zur Genügsamkeit und Sparsamkeit – natürlich die armen Teufel, die sich daran gewöhnten, ihren Tabak zu entbehren. Und schließlich unser Beispiel! In jedem Sträfling erweckten wir den Ehrgeiz, unserm Beispiel zu folgen und sich selbst einen solchen Posten zu verschaffen. Retter der Gesellschaft – wahrhaftig!
Da war ein Hungriger, der keinen Tabak hatte. Vielleicht ein Verschwender, der seine ganze Ration selbst verbraucht hatte. Schön, aber er besaß ein Paar Hosenträger. Ich gab ihm ein halbes Dutzend Rationen Brot dafür. Nun trug ich zwar selbst nie Hosenträger, aber das machte nichts. Um die Ecke wohnte ein Mann, der zehn Jahre wegen Totschlags abzusitzen hatte. Er brauchte ein Paar Hosenträger. Ich konnte etwas Fleisch von ihm dagegen eintauschen, und Fleisch war etwas, was ich brauchte. Oder vielleicht hatte er einen zerlesenen Roman in Heften. Das war ein wahrer Schatz. Ich konnte ihn selber lesen und dann wieder bei den Bäckern für Kuchen oder bei den Köchen gegen Fleisch und Gemüse eintauschen. Oder ich konnte von den Heizern eine ordentliche Tasse Kaffee oder bei irgend

jemandem eine der Zeitungen dafür erhalten, die hin und wieder ins Gefängnis kamen – der Himmel mochte wissen, wie. Köche, Bäcker und Heizer waren Gefangene wie ich, sie wohnten in unserer Halle in der ersten Zellenreihe über uns. Kurz, es wurde ein umfangreicher Tauschhandel im Erie-County-Zuchthause betrieben. Sogar bares Geld war im Umlauf. Es wurde hin und wieder von den Gefangenen eingeschmuggelt, die nur kurze Zeit zu sitzen hatten; ein Teil kam aus der Barbierstube, wo die Neuen ihren Zoll entrichten mußten, weitaus das meiste aber brachten die Gefangenen, die lange Strafen hatten – obwohl ich keine Ahnung habe, wie sie dazu kamen.

Der erste Vertrauensmann sollte durch seine Stellung zu Wohlstand gekommen sein. Außer seinen verschiedenen anderen »Bantjes« bezog er auch von uns seine Sporteln. Wir nutzten das allgemeine Elend aus, und der erste Vertrauensmann war unser Hauptmann. Wir hatten unsere Nebeneinnahmen durch seine Gnade und mußten für die Konzession bezahlen. Wie gesagt, er sollte wohlhabend sein, aber wir hatten nie sein Geld gesehen, und er wohnte in einer Zelle für sich, in einsamer Majestät. Daß man aber Geld im Gefängnis verdienen konnte, das hatte ich bald heraus, denn ich war eine Zeitlang Zellenkamerad des dritten Vertrauensmannes, und er besaß rund sechzehn Dollar. Er pflegte sein Geld jeden Abend nach neun zu zählen, wenn wir eingeschlossen worden waren. Er erzählte mir auch jeden Abend, was er mit mir machen wolle, wenn ich zu den andern Vertrauensmännern aus der Schule plauderte. Er war bange, bestohlen zu werden, und ihm drohte tatsächlich von mehreren Seiten Gefahr. Erstens von den Gefängniswärtern. Ein paar von ihnen konnten zusammen über ihn herfallen und ihm unter dem Vorwand, daß er aufsässig geworden wäre, eine tüchtige Tracht Prügel versetzen. Dann konnten sie ihn in die Dunkelzelle werfen, und bei der Gelegenheit wären seine sechzehn Dollar verduftet. Ferner konnte der erste Vertrauensmann ihm die ganze Summe durch die Drohung abpressen, ihn zu verabschieden und zu der schweren Arbeit im Gefängnishofe zurückzuschikken, und dann waren schließlich noch wir zehn gewöhnlichen Vertrauensmänner da. Wenn wir etwas von seinem Reichtum merkten, so bestand die große Möglichkeit, daß wir ihn eines Tages gemeinsam in einen Winkel lockten und kurz und klein schlugen. Oh, wir waren Wölfe, das könnt ihr mir glauben – genau wie die Geschäftsleute in Wall Street.

Ja, er hatte seine Gründe, sich vor uns zu fürchten, und ich hatte die meinen, vor ihm bange zu sein. Er war ein mächtiger Kerl und ein unwissendes Geschöpf, ein früherer Austernräuber von der Chesapeakebai, ein alter Sträfling, der fünf Jahre in Sing-Sing gesessen hatte und ein blödes, gefräßiges Vieh war. Er pflegte Schlingen für die Spatzen zu legen, die zwischen den Eisenstangen hindurch in unsere Halle flogen. Fing er einen, so machte er, daß er damit in seine Zelle kam, wo ich gesehen habe, wie er sie verschlang, wobei er die Knochen zwischen den Zähnen zermalmte und die Federn ausspuckte. O nein, ich hütete mich, zu den anderen Vertrauensmännern aus der Schule zu plaudern! Dies ist das erstemal, daß ich etwas von seinen sechzehn Dollar sage.

Aber ich verschaffte mir doch einen kleinen Verdienst durch ihn. Er war verliebt in eine Insassin des Frauengefängnisses. Er konnte weder lesen noch schreiben, und so pflegte ich ihm ihre Briefe vorzulesen und seine Antworten zu schreiben. Und ich ließ mich dafür gut bezahlen. Aber die Briefe waren auch schön! Ich legte mein ganzes Herz hinein, brachte meine besten Schlager an und mehr noch, ich half ihm, sie zu gewinnen, obwohl ich eine geheime Ahnung habe, daß sie eigentlich nicht in ihn, sondern in den demütigen Briefschreiber verliebt war. Und ich sag' es noch einmal: die Briefe waren großartig.

Eine andere unserer kleinen Nebeneinnahmen war das »Luntenmachen«. Wir waren die Himmelsboten, die den Kameraden in dieser unerbittlichen Welt von Riegeln und Eisenstangen das Feuer brachten. Wenn die Gefangenen des Abends von der Arbeit kamen und in ihre Zellen gesperrt wurden, so wollten sie gern rauchen. Dann schenkten wir ihnen den himmlischen Funken, liefen von Zelle zu Zelle mit unsern glimmenden Lunten die Galerien entlang. Die Gewitzten oder die, mit denen wir

Geschäfte machten, hielten ihre eigenen Lunten bereit. Aber nicht alle profitierten von dem himmlischen Funken. Wer so dumm war, daß er nichts dafür geben wollte, mußte ohne Feuer und Tabak in die Falle gehen. Doch was ging das uns an? Wir hatten ihn in der Klemme; muckte er auf, so gaben wir ihm zu zweit oder dritt eine Portion Hiebe.

Die Richtlinien, nach denen wir Vertrauensmänner vorgingen, waren folgende: Wir waren im ganzen dreizehn Mann. In unserer Halle hatten wir gegen tausend Gefangene. Wir mußten die Arbeit verrichten und Ordnung halten. Letzteres war eigentlich Sache der Wärter, aber sie überließen sie uns. Folglich hatten wir für Ordnung zu sorgen; taten wir es nicht, so wurden wir wieder an die schwere Arbeit befördert und erhielten vielleicht noch als Zugabe einen Vorgeschmack von der Dunkelzelle. Solange wir aber Ordnung hielten, konnten wir unsere kleinen Geschäfte betreiben.

Man denke einmal ruhig nach und überlege, was für ein Problem wir zu lösen hatten. Wir waren dreizehn Bestien, die tausend andere Bestien zu bewachen hatten. Es war eine Hölle auf Erden, dies Gefängnis, und wir dreizehn sollten für Ordnung darin sorgen. Wenn man das Wesen dieser Bestien bedenkt, so ist es klar, daß wir sie unmöglich mit Milde regieren konnten. Wir regierten kraft der Angst, die sie vor uns hegten. Selbstverständlich hatten wir die Wärter im Rücken. Im Notfalle konnten wir Hilfe von ihnen bekommen, aber sie wurden gereizt, wenn wir uns zu früh an sie wandten, und dann konnten wir sicher sein, daß sie bald handfestere Vertrauensmänner als Ersatz für uns finden würden. So wandten wir uns also nicht oft an sie, nur in aller Friedlichkeit dann, wenn sie uns eine Zelle aufschließen sollten, damit wir einen widerspenstigen Sträfling drinnen zur Vernunft bringen konnten. In solchen Fällen hatten die Wärter nichts weiter zu tun, als die Tür aufzuschließen und ihres Weges zu gehen; sie brauchten nicht zu sehen, was geschah, wenn ein halbes Dutzend Vertrauensmänner einem Manne eine kleine Zurechtweisung erteilte.

Bezüglich der näheren Einzelheiten bei diesen Zurechtweisungen sage ich nichts. Und schließlich gehören sie auch nur zu den weniger schlimmen Schrecken des Erie-County-Zuchthauses, Schrecken, die einfach nicht im Druck wiederzugeben sind. Ich sage, daß sie nicht im Druck wiederzugeben sind, und, ehrlich gestanden, muß ich sagen, daß man sie sich nicht einmal denken kann. Ich hätte sie mir jedenfalls nicht denken können, wenn ich sie nicht selbst erlebt hätte, und ich war doch kein grüner Junge in bezug auf die Vorkommnisse in dieser Welt und die fürchterlichen Abgründe menschlicher Schlechtigkeit. Es gehörte eine lange Lotleine dazu, um den Grund des Erie-County-Zuchthauses zu erreichen, und ich bewege mich hier nur ganz leicht und spielend an der Oberfläche alles dessen, was ich an diesem Orte sah.

Manchmal, zum Beispiel morgens, wenn die Gefangenen herunterkamen, um sich zu waschen, waren wir dreizehn tatsächlich ganz allein zwischen ihnen, von denen jeder einzelne ein Hühnchen mit uns zu rupfen hatte. Dreizehn gegen fünfhundert, die wir nur durch die Furcht vor uns im Zaume hielten! Wir durften nicht die kleinste Ordnungswidrigkeit, nicht die geringste Unverschämtheit durchlassen. Taten wir es, so waren wir verloren. Für uns galt nur eine Regel: Sobald ein Mann den Mund aufmachte, loszuschlagen, und zwar kräftig mit dem, was wir gerade zur Hand hatten. Ein Besenstiel, direkt ins Gesicht gestoßen, übte eine sehr beruhigende Wirkung aus. Aber das war nicht alles. In solchem Falle mußte ein Exempel statuiert werden, und daher war unsere nächste Regel, daß wir auf den Mann losgingen und unseren Sieg verfolgten. Natürlich war man sicher, daß jeder Vertrauensmann, der in der Nähe war, sofort herbeilief und sich an der Abstrafung beteiligte; das war auch ein Gesetz. Wenn ein Vertrauensmann mit einem Gefangenen etwas vorhatte, so war es die Pflicht jedes andern Vertrauensmannes in der Nähe, ihm zu helfen. Um was es sich auch handeln mochte – man mußte drauflosfahren und sofort zuschlagen –, kurz, der Mann mußte sein Teil kriegen.

Ich erinnere mich eines hübschen jungen, etwa zwanzigjährigen Mulatten, der die verrückte Idee hatte, daß er sein Recht haben wollte. Und eigentlich war er auch im Recht, aber das half ihm nicht das geringste. Er gehörte zur obersten Galerie. Acht Vertrauensmänner erledigten seine Zuversicht in ungefähr anderthalb Minuten, so lange dauerte es, bis er von der Galerie die fünf Eisentreppen hinuntergestoßen war. Er legte diese Strecke auf jedem Körperteil mit Ausnahme der Füße zurück, und die acht Vertrauensmänner waren nicht faul. Der Mulatte landete auf den Fliesen, wo ich stand und den Auftritt verfolgte. Er kam auf die Beine und stand einen Augenblick aufrecht da. Dann breitete er die Arme aus und stieß einen Schrei aus, in dem sich Schrecken, Schmerz und völlige Hoffnungslosigkeit mischten, und im selben Augenblick – es war wie die Nummer eines Verwandlungskünstlers – fielen die Lumpen, die von seiner schweren Gefängnistracht übriggeblieben waren, und er stand vollkommen nackt mit blutüberströmtem Körper da. Er hatte seine Lehre erhalten, und jeder Gefangene, der ihn schreien hörte, mit ihm. Und ich auch. Es war kein schöner Anblick, wie der Mann in anderthalb Minuten vollkommen gebrochen wurde.

Das Folgende soll zeigen, wie wir das Geschäft mit dem »Luntenmachen« betrieben. Eine ganze Schar Neuer wird in die Zellen gebracht. Man geht mit seiner Lunte an den Eisenstangen vorbei. »He, Kamerad, gib mir ein bißchen Feuer!« ruft einer. Daraus ersieht man natürlich, daß der Mann Tabak bei sich hat. Man reicht die Lunte hinein und geht weiter. Kurz darauf kommt man zurück und lehnt sich nachlässig gegen das Gitter. »Sag', Kamerad, kannst du mir ein bißchen Tabak leihen?« Wenn er nicht sehr gerissen ist, wird er aller Wahrscheinlichkeit nach feierlich erklären, daß er keinen Tabak mehr hat. Soweit alles gut. Man bedauert ihn und geht seines Weges. Aber man weiß, daß seine Lunte nur für den einen Tag reicht. Wenn man am nächsten Tage vorbeikommt, sagt er wieder: »He, Kamerad, gib mir ein bißchen Feuer!« Und man antwortet: »Du hast ja keinen Tabak, da brauchst du auch kein Feuer.« Und man gibt ihm nichts. Wenn man eine halbe Stunde oder eine ganze oder zwei oder drei Stunden später wieder vorbeikommt, dann ruft derselbe Mann mit einschmeichelnder Stimme heraus: »Komm mal her, Kamerad!« Und man geht zu ihm. Man streckt die Hand durch das Gitter, und sie wird mit teurem Tabak gefüllt. Dann erst gibt man ihm Feuer.

Zuweilen kommt aber auch ein Neuer, mit dem man es nicht so machen darf. Dann geht insgeheim der Bescheid von Mann zu Mann, daß er ordentlich behandelt werden soll. Wo dieser Bescheid ursprünglich herkommt, habe ich nie erfahren können. Es ist aber einleuchtend, daß der Mann die richtigen Verbindungen hat. Vielleicht mit einem der ersten Vertrauensmänner, vielleicht mit einem der Wärter in einem andern Teil des Hauses; vielleicht haben ihm auch wohlhabende Bekannte unter den Sträflingen für Geld eine gute Behandlung zugesichert. Wie dem auch sei, so wissen wir jedenfalls, daß wir diesen Mann ordentlich zu behandeln haben, wenn

wir uns nicht selbst Unannehmlichkeiten zuziehen wollen.
Wir Vertrauensmänner waren die Zwischenhändler und überbrachten im allgemeinen die Nachrichten von einem zum andern. Wir vermittelten den Tauschhandel zwischen den Gefangenen, die in verschiedenen Abteilungen des Gefängnisses saßen, und selbstverständlich nahmen wir unsere Anteile vom Absender wie vom Empfänger. Zuweilen waren wenigstens sechs Vermittler nötig, ehe etwas den erreichte, der es haben sollte. Und jeder von ihnen beanspruchte seinen Teil an der Beute oder machte sich selbst irgendwie für seine Mühe bezahlt. Zuweilen war man anderen für geleistete Dienste etwas schuldig, aber dann konnte es wieder umgekehrt kommen. So war ich, als ich ins Kittchen kam, dem Sträfling, der meine Sachen hereingeschmuggelt hatte, etwas schuldig. Etwa eine Woche darauf steckte mir ein Heizer einen Brief in die Hand. Er hatte ihn von dem Barbier erhalten, und der Barbier hatte ihn wieder von dem Sträfling bekommen, der meine Sachen eingeschmuggelt hatte. Weil ich sein Schuldner war, sollte ich den Brief weiterbesorgen. Aber er hatte den Brief nicht selbst geschrieben. Der ursprüngliche Absender war ein Sträfling, der eine längere Reihe von Jahren hatte. Der Brief war an eine Gefangene im Frauengefängnis gerichtet. Ob er aber für sie bestimmt oder ob sie selbst nur ein Glied in der langen Kette von Zwischenhändlern war, das wußte ich nicht.

Ich wußte nur, wie sie aussah, und hatte dafür zu sorgen, daß der Brief in ihre Hände gelangte.
Zwei Tage trug ich den Brief mit mir herum, aber dann fand ich doch Gelegenheit, ihn abzuliefern. Die Arbeit der Frauen bestand im Flicken und Stopfen der Kleider aller Sträflinge. Mehrere Vertrauensmänner aus unserer Halle sollten zur Frauenseite hinüber, um mächtige Bündel Kleider zu holen. Ich vereinbarte mit dem ersten Vertrauensmann, daß ich mitgehen durfte. Tür auf Tür wurde uns aufgeschlossen, und wir durchwanderten das ganze Gefängnis bis zur Frauenseite. Wir kamen in einen großen Raum, wo die Frauen bei ihrer Flick- und Stopfarbeit saßen. Ich starrte mir beinahe die Augen aus dem Kopfe, um die Frau zu finden, die mir beschrieben worden war, und schließlich fand ich sie und richtete es so ein, daß ich in ihre Nähe kam. Zwei Wärterinnen beobachteten mit Falkenblicken alles, was wir taten. Ich hielt den Brief in meiner Hand verborgen, und ich sah der Frau an, daß sie in mir den Überbringer einer Nachricht erkannte. Sie wußte, daß ich etwas für sie hatte; sie mußte es erwartet und im selben Augenblick, als wir eintraten, erraten haben, wer der Überbringer war. Aber die eine Wärterin stand kaum zwei Fuß von ihr entfernt. Die Vertrauensmänner hoben schon die Bündel auf, die sie mitnehmen sollten. Ich übereilte mich nicht, tat aber, als wäre mein Bündel nicht richtig zugebunden. Wollte die Wärterin denn gar nicht wegschauen? Oder sollte der Versuch miß-

glücken? Aber im selben Augenblick begann eine andere Frau ein scherzhaftes Scharmützel mit einem der Vertrauensmänner – sie stellte ihm ein Bein, kniff ihn oder sonst etwas. Die Wärterin drehte sich um und erteilte der Frau eine scharfe Zurechtweisung. Selbstverständlich weiß ich nicht, ob es ein abgekartetes Spiel war, um ihre Aufmerksamkeit abzulenken, aber ich wußte jedenfalls, daß ich jetzt eine Gelegenheit hatte, die ich mir nicht entgehen lassen durfte. Die Frau, die ich im Auge hatte, ließ die Hand, die bisher in ihrem Schoß geruht, an der Seite heruntergleiten. Ich beugte mich herab, um mein Bündel aufzunehmen, und während ich so gebückt dastand, steckte ich ihr den Brief in die Hand und erhielt einen andern von ihr wieder. Im nächsten Augenblick hatte ich das Bündel auf dem Rücken. Die Wärterin hatte mir wieder ihre Aufmerksamkeit zugewandt, weil ich der letzte war, und ich machte, daß ich meine Kameraden einholte. Den Brief, den ich von der Frau erhalten hatte, lieferte ich dem Heizer ab; von ihm aus ging er an den Barbier und an den Sträfling, der meine Sachen eingeschmuggelt hatte, und schließlich an den ursprünglichen Absender des ersten Briefes.

Wir besorgten oft Briefe, bei denen das Vermittlungssystem so verwickelt war, daß wir weder Absender noch Empfänger kannten, wir waren nur Glieder in der Kette. Irgendwo und irgendwie konnte mir ein Gefangener einen Brief in die Hand stecken mit dem Bescheid, ihn an das nächste Glied der Kette weitergehen zu lassen. Alle diese Dinge waren Gefälligkeiten, für die man später gelegentlich bezahlt wurde, wenn man in direkte Verbindung mit dem eigentlichen Vermittler trat. Das ganze Gefängnis war ein einziges Netz von Verbindungslinien. Und wir, die wir das Verbindungssystem kontrollierten, forderten selbstverständlich hohe Abgaben von unseren Kunden – hierin, wie in vielen andern Dingen, folgten wir ja nur dem Beispiel der kapitalistischen Gesellschaft. Des Gewinnes wegen taten wir diese Arbeit, und der Verdienst war nicht zu verachten, wenn wir es auch andererseits zuweilen nicht verschmähten, diese Arbeit aus reiner Freundschaft zu tun.

In der Zeit, die ich im Kittchen war, schlossen mein Kamerad und ich uns immer enger aneinander. Er hatte viel für mich getan und erwartete dafür, daß ich ebensoviel für ihn tun sollte. Wenn wir herauskamen, wollten wir uns zusammentun und selbstverständlich gemeinsam »arbeiten«. Denn mein Kamerad war Verbrecher – o nein, kein Schwerverbrecher, nur so ein kleiner elender Verbrecher, dessen Lieblingsbeschäftigung es war, zu stehlen, zu plündern und einzubrechen, und der sich im Notfalle nicht bedacht hätte, einen Mord zu begehen. Manche Stunde saßen wir zusammen und sprachen miteinander. Er hatte ein paar Dinge vor, die wir in der nächsten Zukunft drehen wollten, und ich mußte ihm bei den Vorbereitungen helfen. Ich war oft mit Verbrechern zusammen gewesen, und mein

Kamerad ließ sich nicht einen Augenblick träumen, daß ich ihn den ganzen Monat nur zum besten hielt. Er glaubte, ich sei von der richtigen Sorte, ich gefiel ihm, weil ich nicht dumm war und vielleicht auch ein wenig um meiner selbst willen. Selbstverständlich hatte ich nicht einen Augenblick die Absicht, ihm auf seiner schmutzigen, elenden Bahn zu folgen, aber ich wäre blödsinnig gewesen, wenn ich nicht die Annehmlichkeiten mitgenommen hätte, die seine Freundschaft mir verschaffen konnte. Wenn man mitten in der rotglühenden Lava der Hölle ist, kann man es nicht so genau damit nehmen, wo man hintritt, und so ging es mir im Erie-County-Zuchthause. Man mußte sehen, die Machthaber zu Freunden zu haben, wenn man nicht schwere Arbeit bei Wasser und Brot leisten wollte, und daher blieb ich gut Freund mit meinem Kameraden.

Eintönig war das Leben im Gefängnis jedenfalls nicht. Jeden Tag geschah etwas Neues; ein Gefangener hatte einen Anfall, wurde verrückt und begann um sich zu schlagen, oder ein Vertrauensmann betrank sich. In dieser Beziehung stand Wander-Jack, einer der Vertrauensmänner, an der Spitze. Er war ein ganz Ausgekochter, ein waschechter Bandit, und daher waren die ersten Vertrauensmänner sehr geneigt, ihm in jeder Beziehung durch die Finger zu sehen. Pittsburg-Joe, der zweite Vertrauensmann, genehmigte sich oft einen zusammen mit Wander-Jack, und die beiden sollen gesagt haben, daß das Erie-County-Zuchthaus der einzige Ort sei, wo man wirklich noch mal über die Stränge schlagen konnte, ohne daß einem etwas passierte. Ich weiß nicht, wie sie es machten, aber ich hörte, daß Bromkalium, das sie sich in großen Mengen auf Umwegen aus der Apotheke verschafften, ihr Lieblingsmittel war, um sich einen Rausch anzutrinken. Was sie nun auch tranken, bei passender Gelegenheit waren sie jedenfalls stets prachtvoll betrunken.

Unsre Halle war eine menschliche Latrine, angefüllt von dem ärgsten Dreck und Bodensatz der Gesellschaft, von heruntergekommenen Burschen, Wracks, Irrsinnigen, Idioten, Epileptikern, Ungeheuern und Schwächlingen, kurz, einer Menschheit, die aus einem bösen Traum zu stammen schien. Daher gediehen auch unheimliche Anfälle so ausgezeichnet unter uns. Begann einer, so folgten gleich andere nach. Ich habe einmal gesehen, wie sieben Männer gleichzeitig Anfälle erlitten. Sie stießen das widerwärtigste Geheul aus und schlugen wie toll um sich. Für die Gefangenen, die solche Anfälle hatten, wurde nie etwas anderes getan, als daß man sie mit kaltem Wasser begoß. Es hatte keinen Zweck, nach dem Studenten der Medizin oder dem Arzt zu schicken; die konnte man doch nicht wegen solcher gleichgültigen und alltäglichen Vorkommnisse bemühen.

Ein achtzehnjähriger Holländer hatte diese Anfälle am häufigsten. Meist täglich einen. Deswegen hatten wir ihn im Erdgeschoß ein Stück weiter unten in der Zellenreihe, zu der wir gehörten, einquartiert.

Als er ein paar Anfälle im Gefängnishof erlitten hatte, erklärten die Wärter, daß sie nun keine Schereien mehr mit ihm haben wollten, und seitdem blieb er in einer Zelle eingesperrt, wo ihm ein geborener Londoner Gesellschaft leistete. Nicht daß der Londoner irgendwie geholfen hätte: jedesmal, wenn der Holländer seinen Anfall hatte, war der Engländer vor Schrecken vollkommen gelähmt. Der junge Holländer konnte nicht ein einziges Wort Englisch. Er hatte auf einem Bauernhof gearbeitet und drei Monate wegen einer Prügelei bekommen. Jedesmal, wenn die Anfälle kamen, fing er zuerst an zu heulen. Er heulte wie ein Wolf. Während der Anfälle stand er steif wie ein Stock da, was sehr unangenehm für ihn war, da der Anfall stets damit endete, daß er der Länge nach hinfiel. Sobald ich die ersten Töne des langen Wolfsgeheuls hörte, pflegte ich einen Besen zu ergreifen und nach seiner Zelle zu laufen. Die Vertrauensmänner durften keine Schlüssel zu den Zellen haben, so daß es mir unmöglich war, zu ihm hineinzukommen. Er konnte mitten in seiner Zelle steif dastehen, über den ganzen Körper zittern und die Augen rollen, daß nur das Weiße sichtbar war, und dazu heulte er die ganze Zeit wie eine verlorene Seele. Trotz aller Mühe konnte ich nie den Londoner bewegen, ihm zu helfen. Während er dastand und heulte, kroch der Londoner zitternd in der oberen Koje zusammen, den entsetzten Blick starr auf die fürchterliche Gestalt, auf dieses Wesen gerichtet, das immer nur heulte und heulte. Es war schließlich auch keine Kleinigkeit für den elenden kleinen Londoner. Sein eigener Kopf war auch nicht ganz taktfest, und es war nur merkwürdig, daß er nicht völlig den Verstand verlor.

Alles, was ich tun konnte, war, daß ich dem Holländer, so gut ich konnte, mit dem Besenstiel half. Ich steckte ihn durch das Eisengitter, richtete ihn auf seine Brust und wartete ab. Wenn die Krisis sich näherte, begann er hin und her zu schwanken. Ich folgte den Bewegungen mit dem Besen, denn es war nicht vorauszusehen, was Furchtbares geschehen konnte, wenn er nach vorn aufs Gesicht fiel. Wenn er es aber tat, paßte ich mit dem Besen auf und versuchte damit den Fall zu dämpfen. Aber wie ich es auch machte, ich konnte es doch nie dahin bringen, daß er wirklich sachte fiel, und meistens wurde sein Gesicht von dem Fall auf den Steinboden schlimm zugerichtet. Wenn er hingefallen war, pflegte ich einen Eimer Wasser über ihn auszugießen. Ich weiß nicht, ob das kalte Wasser ihm gut tat oder nicht, aber so machten wir es immer im Erie-County-Zuchthause. Etwas andres geschah nicht für ihn. Dann konnte er stundenlang triefend daliegen, und schließlich kroch er in seine Koje. Ich war doch nicht so dumm, daß ich hinauslief und die Wärter bat, mir zu helfen.

Und was hatte es auch zu sagen, wenn ein Mann einen Anfall hatte?

In der anstoßenden Zelle wohnte ein merkwürdiger

Mensch – ein Mann, der zwei Monate hatte, weil er aus dem Schweinetrog von Barnum gegessen hatte – so erklärte er es jedenfalls. Er war ein elendes, blödes Geschöpf und im Anfang sehr friedlich und ruhig. Es verhielt sich übrigens auch so, wie er gesagt hatte. Er war hinter den Zirkus gekommen, und da er sehr hungrig war, war er geradeswegs auf den Trog losgegangen, in dem sich der Abfall vom Tisch der Zirkusleute befand. »Und es war wirklich gutes Brot«, versicherte er mir ein Mal über das andere, »gar nicht zu reden vom Fleisch.« Ein Polizist hatte ihn gesehen und festgenommen, und nun saß er hier. Einmal ging ich mit einem Stückchen dünnen, festen Stahldrahts an seiner Zelle vorbei. Er bat mich so inständig darum, daß ich es ihm durch das Gitter hineinreichte. Ohne andres Werkzeug als seine Finger brach er es schnell in kleine Stücke und machte dann ein halbes Dutzend sehr brauchbare Sicherheitsnadeln daraus. Die Spitzen schliff er auf dem Steinboden scharf. Von jetzt an betrieb ich ein richtiges Geschäft mit Sicherheitsnadeln. Ich lieferte das Rohmaterial und verhandelte die Fertigware, und er verrichtete die Arbeit. Ich bezahlte ihn dafür mit Extrarationen und gelegentlich einem Stückchen Fleisch oder einem Markknochen.

Aber das Gefängnisleben nahm ihn sehr mit, und allmählich wurde er ganz unlenkbar. Die Vertrauensmänner machten sich ein Vergnügen daraus, ihn zu necken. Sie füllten seinen schwachen Kopf mit Geschichten von einem großen Vermögen, das ihm irgend jemand hinterlassen hätte. Um es ihm zu rauben, wäre er festgenommen und ins Gefängnis gebracht worden. Selbstverständlich gäbe es, wie er selbst wohl wüßte, kein Gesetz, das verbot, aus einem Schweinetrog zu essen. Daher wäre er zu Unrecht ins Gefängnis gekommen. Es sei eine Verschwörung, die man begonnen habe, um ihn um sein Geld zu bringen.

Ich erfuhr erst davon, als ich die andern über die Geschichte lachen hörte, die sie ihm aufgebunden hatten. Dann besprach er es sehr ernsthaft mit mir und erzählte mir von seinen Millionen und der Verschwörung, und im Laufe des Gesprächs ernannte er mich zu seinem Privatdetektiv. Ich tat, was ich konnte, um ihn sanft aus seinem Wahn zu reißen, machte einige dunkle Andeutungen, daß es wohl ein Irrtum und daß ein andrer Mann mit dem gleichen Namen der Erbe wäre. Als ich ihn verließ, war er ganz abgekühlt, aber ich konnte die andern nicht von ihm weghalten, sie machten sich weiter über ihn lustig, und zwar schlimmer als je. Zuletzt hatte ich eine Szene mit ihm, in der er ganz mit mir brach, mir erklärte, daß er mich nicht mehr als Privatdetektiv haben wolle, und die Arbeit niederlege. Damit hörte mein Geschäft mit den Sicherheitsnadeln auf. Er weigerte sich, weitere Nadeln zu machen, und bombardierte mich jedesmal, wenn ich bei ihm vorbeikam, durch das Gitter mit Drahtstücken.

Unsre Freundschaft war für immer aus. Die andern erzählten ihm, ich wäre ein Detektiv, der im Solde derer stehe, die sich gegen ihn verschworen hatten. Und unterdessen machten sie ihn ganz verrückt mit ihren Geschichten. Das eingebildete Unrecht, das man ihm zugefügt hatte, nagte an ihm, und zuletzt wurde er vollkommen toll und gefährlich für seine Umgebung. Die Wärter weigerten sich, seine Geschichten von den gestohlenen Millionen anzuhören, und wurden daher von ihm beschuldigt, mit in der Verschwörung zu sein. Eines Tages warf er einem von ihnen eine Kanne heißen Tees ins Gesicht, und nun wurde die Sache untersucht. Der Gefängnisinspektor sprach ein paar Minuten mit ihm durch das Gitter.

Dann wurde er fortgeführt, daß sich die Ärzte eine Meinung von ihm bilden konnten. Er kam nie wieder, und ich denke oft darüber nach, ob er tot ist, oder ob er immer noch in irgendeiner Irrenanstalt von seinen Millionen erzählt.

Schließlich kam der große Tag, an dem ich in Freiheit gesetzt werden sollte. Zur selben Zeit wurde auch der dritte Vertrauensmann losgelassen, und das Mädchen, das ich ihm verschafft hatte, stand vor der Mauer und wartete auf ihn. Mein Kamerad und ich gingen zusammen hinaus, und wir gingen miteinander nach Buffalo. Sollten wir beide nun nicht immer zusammenbleiben, jetzt und in aller Zukunft?

An diesem Tage gingen wir die Hauptstraße entlang und fochten gemeinsam, und was wir an Kupfergeld erbettelten, verbrauchten wir für Bier; ein

Glas kostete drei Cent. Aber die ganze Zeit wartete ich auf eine Möglichkeit, um zu entwischen. Ich traf einen Vagabunden in der Straße, und es glückte mir, von ihm zu erfahren, wann ein bestimmter Güterzug die Stadt verließ. Hiernach berechnete ich meine Zeit. Als der Augenblick kam, saßen mein Kamerad und ich in der Wirtschaft, vor uns standen zwei Glas schäumenden Bieres. Ich hätte mich gern von ihm verabschiedet, aber ich wagte es nicht. Ich schlich mich zur Hintertür hinaus und sprang über das Gitter. Es ging aber schnell, und ein paar Minuten später befand ich mich in einem Güterzuge der Western-New-York-Pennsylvania-Bahn und fuhr nach dem Süden.

NÄCHTLICHE FAHRTEN

Auf meinen Fahrten habe ich Hunderte von Landstreichern getroffen, mit denen ich gesprochen und an Wasserbehältern zusammen gewartet, mit denen ich an der »Linie« oder in den Häusern um Geld für Unterkunft und Essen gefochten und gemeinsam Züge geentert habe, die aber in der Nacht verschwunden sind und sich nie wieder haben sehen lassen. Andererseits gab es Landstreicher, die ich mit erstaunlicher Häufigkeit getroffen und immer wieder gesehen habe, und andre, die geisterhaft und unsichtbar in der Nacht an mir vorbeigefahren sind. Ein solcher war es, dem ich quer durch Kanada, dreitausend Meilen weit nachjagte, ohne ihn auch nur ein einziges Mal erblickt zu haben. Seine »Monica« war »Jack Skysegel«. Ich stieß erst in Montreal auf sie. Da war mit einem Klappmesser die Skysegelrahe eines Schiffes eingeschnitten, und zwar in glänzender Ausführung. Darunter stand »Skysegel-Jack«, oben drüber »S. W. 15. 10. 94«. Das hieß, daß er Montreal auf dem Wege nach Westen am

15. Oktober 1894 passiert habe. Er hatte einen Vorsprung von einem Tage vor mir. »Jack Seemann« war damals meine »Monica«, und ich schnitt sie gleich neben der seinen ein, ebenfalls mit dem Datum und der Anzeige, daß ich auch nach Westen fuhr.

Die nächsten hundert Meilen hatte ich verschiedentlich Pech, und erst vierzehn Tage später stieß ich wieder auf Jack Skysegels Spur, diesmal dreihundert Meilen westlich von Ottawa. Hier stand das Zeichen in einen Wasserbehälter geschnitten, und aus dem Datum konnte ich sehen, daß auch er sich verspätet hatte. Er hatte diesmal zwei Tage Vorsprung vor mir. Ich war ein »Komet«, ein »königlicher Landstreicher«, aber das war er auch, und es war Ehrensache für mich, ihn einzuholen. Tag und Nacht hing ich auf der Eisenbahn und überholte ihn, aber dann erhielt er wieder einen Vorsprung und kam mir zuvor. Zuweilen war er einen Tag vor mir, zuweilen ich einen Tag vor ihm. Von ostwärts reisenden Vagabunden hörte ich manchmal etwas über ihn, wenn er zufällig vor mir war, und sie erzählten mir, er fange an, sich für »Jack Seemann« zu interessieren und sich nach mir zu erkundigen. Wir wären gewiß ein prächtiges Paar gewesen, wenn wir je zusammengekommen wären, aber wir konnten nicht zusammenkommen. Ich behielt meinen Vorsprung vor ihm durch ganz Manitoba, aber er führte durch Alberta, und an einem bitterkalten grauen Morgen erfuhr ich an einer Zweigstation dicht östlich vom Kicking-Horse-Paß, daß er am Abend zuvor zwischen diesem und dem Rogers-Paß gesehen worden sei. Diese Auskunft erhielt ich auf eine recht eigentümliche Weise.

Ich war die ganze Nacht in einem »Pullman mit Seitentüren« – geschlossenen Güterwagen – gefahren und schließlich halbtot vor Kälte an der Station herausgekrochen, um mir etwas Essen zu erfechten. Es war eisig kalt und nebelig, und ich faßte ein paar Heizer im Lokomotivschuppen ab. Sie schenkten mir die Überbleibsel aus ihren Frühstückseimern und außerdem fast einen ganzen Liter himmlischen »Java« (Kaffee). Ich wärmte ihn mir, und gerade, als ich mich ans Essen machen wollte, kam ein Güterzug vom Westen. Ich sah, wie eine Seitentür geöffnet wurde und ein junger Vagabund herauskroch. Durch die treibenden Nebelschwaden hinkte er zu mir hin. Er war starr vor Kälte, seine Lippen waren blau. Ich teilte meinen Java und meinen Proviant mit ihm, erhielt Bescheid über Jack Skysegel und übrigens auch über ihn, den Ankömmling, selber. Denkt euch, er war aus meiner eigenen Stadt, Oakland (Kalifornien), und Mitglied der berühmten Boo-Bande – einer Bande, der auch ich mich gelegentlich angeschlossen hatte. In der nächsten halben Stunde unterhielten wir uns eifrig, während wir ins Essen einhieben. Dann fuhr mein Güterzug weiter, und ich folgte Jack Skysegel auf den Hacken westwärts.

Zwischen den Pässen verspätete ich mich, bekam

zwei Tage lang nichts zu essen, mußte am dritten Tage elf Meilen laufen, ehe ich etwas erhielt, aber dennoch glückte es mir, Jack Skysegel am Fraser River in Britisch-Kolumbien zu überholen. Ich fuhr die beiden Tage als »Passagier« und kam sehr schnell vorwärts, aber er hatte es ebenso gemacht oder mehr Glück gehabt, oder er war gewandter gewesen, denn er erreichte die Mission vor mir.

Die Mission war ein Knotenpunkt, vierzig Meilen östlich von Vancouver. Ich ging zum Wasserbehälter, um nachzusehen, und da stand mit dem heutigen Datum Jack Skysegels »Monica«. Ich machte, daß ich weiter nach Vancouver kam, aber er war verschwunden. Er war gleich an Bord gegangen und flog jetzt immer weiter nach Westen auf seiner weltumspannenden Abenteurerbahn. Wahrhaftig, Jack Skysegel, du warst ein königlicher Vagabund, und dein wahrer Kamerad war der »sausende Wind, der von Ort zu Ort fährt«! Ja, ich ziehe meinen Hut vor dir! Du warst einer von der richtigen, waschechten Sorte. Eine Woche später hatte auch ich mein Schiff gefunden, befand mich an Bord des Dampfers »Umatilla« und arbeitete mich als Matrose die Küste nach San Francisco hinunter. Jack Skysegel und Jack Seemann – Hallo! Wenn wir uns je getroffen hätten!

Die Wasserbehälter sind Wegweiser für die Vagabunden, und es geschieht nicht aus purem Übermut und um nichts und wieder nichts, wenn ein Landstreicher seine »Monica«, Datum und Reiseweg in diese Behälter schneidet. Ich habe oft Vagabunden getroffen, die eifrig fragten, ob ich nicht irgendwo diesen oder jenen Landstreicher oder seine »Monica« gesehen hätte. Und mehr als einmal habe ich Auskunft über seine letzte »Monica« am Wasserbehälter und über die Richtung, in der er damals reiste, geben können. Und im selben Augenblick stürzte dann der Landstreicher, dem ich die Auskunft gab, hinaus, um seinen Kameraden zu suchen. Ich habe Landstreicher getroffen, die, um einen Kameraden einzuholen, quer über den ganzen Kontinent und wieder zurück fuhren.

»Monicas« sind die Spitznamen, die die Landstreicher sich zulegen oder die ihnen von Kameraden angehängt werden. Es gibt sehr wenige Landstreicher, die sich gern an ihre Vergangenheit erinnern, in der sie die Würdelosigkeit besaßen, zu arbeiten, aber ich entsinne mich doch, ganz vereinzelt auf Namen gestoßen zu sein, die sich auf dieses oder jenes Handwerk bezogen; ich erinnere mich, daß ich auf folgende Namen stieß: Maler Rot, Chi-Kesselschmied, Schiffsjunge, Freund Drucker. »Chi-« ist im Landstreicherjargon die Abkürzung von Chicago.

Sehr beliebt ist es dagegen unter den Landstreichern, ihre »Monica« nach den Orten zu wählen, aus denen sie stammen, zum Beispiel: New York-Tommy, Pazifik-Slim, Buffalo-Smithy, Canton-Tim, Pittsburg-Jack, Troy-Mickey, K.-L.-Bill und Connecticut-Jimmy. »Blank« bedeutet immer einen Neger, und er wird möglicherweise so genannt wegen des blanken Schimmers, der auf seinem Gesicht liegt. Texas-Blanker oder Toledo-Blanker bezeichnet sowohl Rasse wie Heimat.

Von solchen, deren »Monica« von ihrer Rasse und Nationalität hergeleitet war, entsinne ich mich folgender: Frisco-Däne, New-York-Irländer, Michigan-Franzose, Engländer-Jack, Londoner Junge und Milwaukee-Holländer. Andre haben ihre »Monica« den Farben entlehnt, mit denen die Natur sie ausgestattet hat, und wieder andre körperlichen Eigentümlichkeiten, etwa ihrer Größe, ihrer Korpulenz oder besonderen Kennzeichen, wie einer gebrochenen Nase oder ähnlichem, während wieder andre nach ihrem besonders großen Mundwerk oder ihrer Gewandtheit hießen.

An einem Wasserbehälter in San Marcial (New Mexico) stand vor einem Dutzend Jahren folgender »Speisezettel« für Landstreicher:

1. Hauptstraße gut.
2. Polizei nicht schlimm.
3. Lokomotivschuppen gute Schlafstelle.
4. Nordbahnzüge nicht gut.
5. Private nicht gut.
6. Restaurants nur gut für Köche.
7. Eisenbahnhotel nur gut für Nachtarbeit.

Nummer eins enthält die Mitteilung, daß in der Hauptstraße mit gutem Erfolg gefochten werden kann; Nummer zwei, daß die Polizei Landstreicher nicht belästigt; Nummer drei, daß man im Lokomotivschuppen schlafen kann; Nummer vier ist indessen zweideutig. Es kann heißen, daß es keinen Zweck hat, in nördlicher Richtung laufende Züge zu entern, und es kann auch bedeuten, daß es ein schlechtes Feld für Fechtbrüder ist. Nummer fünf besagt, daß die Privatleute in der Stadt Bettlern nicht wohlgesinnt sind, und Nummer sechs, daß nur Landstreicher, die Köche gewesen sind, in den Restaurationen etwas zu essen bekommen. Aus Nummer sieben werde ich nicht recht klug. Ich weiß nicht, ob am Abend das Eisenbahnhotel überhaupt gut für Fechtbrüder ist, oder ob nur frühere Köche mit Erfolg abends fechten können, oder ob jeder Landstreicher, Koch oder nicht, abends dem Küchenpersonal des Eisenbahnhotels gegen ein bißchen Essen bei der schmutzigen Arbeit helfen kann.

Um aber wieder von den Landstreichern zu reden, die nachts kommen und gehen, so entsinne ich mich eines, den ich in Kalifornien traf. Er war Schwede, hatte aber so lange in Kalifornien gelebt, daß man nicht mehr hören konnte, welcher Nation er angehörte. Er mußte es schon selbst erzählen. Tatsächlich war er als kleines Kind nach den Vereinigten Staaten gekommen. Ich stieß zuerst in der Gebirgsstadt Truckee mit ihm zusammen.

»Wohin, Kamerad?« fragten wir beide gleichzeitig. Und »Ostwärts!« lautete die Antwort, die wir beide gaben.

Wir waren eine ganze Bande, die an diesem Abend versuchte, mit dem Überlandzug mitzukommen,

und in dem Handgemenge kamen der Schwede und ich auseinander. Ich kam übrigens nicht mit.
Ich erreichte Reno (Nevada) in einem Güterwagen, der sofort auf ein Nebengleis gefahren wurde. Es war ein Sonntagmorgen, und nachdem ich ein bißchen Frühstück erwischt hatte, wanderte ich nach dem Piute-Lager hinüber, um die Indianer spielen zu sehen. Und da stand der Schwede, ungeheuer interessiert. Selbstverständlich taten wir uns zusammen. Er war der einzige Bekannte, den ich, und ich der einzige, den er in der Gegend hatte. Wir fielen uns in die Arme wie ein Paar Eremiten, die der Einsamkeit müde geworden sind, und verbrachten den Tag miteinander, liefen herum, um Mittagessen zu kriegen, und versuchten spät am Nachmittag, denselben Güterzug zu erwischen. Er wurde jedoch geschmissen, und so fuhr ich allein ab, aber nur, um selbst irgendwo mitten in der Wüste, ungefähr zwanzig Meilen hinter Reno, geschmissen zu werden. Von allen Einöden der Welt war die, in der ich geschmissen wurde, sicher die schlimmste. Sie nannte sich Signalstation und bestand aus einem Schuppen, der aufs Geratewohl mitten zwischen die Salbeibüsche in den Sand gepflanzt war. Ein kalter Wind wehte, die Nacht brach an, und der einsame Telegraphist, der in dem Schuppen wohnte, fürchtete sich vor mir. Ich wußte, daß ich weder Essen noch Unterkunft aus ihm herauspressen konnte. Weil er sich so offensichtlich vor mir fürchtete, glaubte ich ihm nicht, als er mir erzählte, daß ost-

wärtsgehende Züge hier nie hielten. Zudem war ich ja selbst von einem ostwärtsgehenden Zuge am selben Orte vor kaum fünf Minuten geschmissen worden. Er versicherte mir, daß der nur auf besondere Order gestoppt hätte und daß ein ganzes Jahr vergehen könnte, ehe ein zweiter Zug hier hielte. Er teilte mir mit, daß es nur zwölf bis fünfzehn Meilen bis Wadsworth seien und daß es am besten wäre, wenn ich mich aus dem Staube machte. Ich zog es indessen vor, zu warten, und hatte nun das zweifelhafte Vergnügen, zwei Güterzüge nach Westen und einen nach Osten ohne Aufenthalt vorbeifahren zu sehen. Ich dachte darüber nach, ob der Schwede sich vielleicht auf dem Zuge befunden haben sollte. Es blieb mir also nichts übrig, als die Strecke entlang nach Wadsworth zu traben, und das tat ich denn auch zur großen Erleichterung des Telegraphisten, da ich weder seinen Schuppen in Brand steckte, noch ihn ermordete. Telegraphisten haben manche Ursache, dankbar zu sein.
Als ich etwa die Hälfte des Weges hinter mir hatte, mußte ich beiseitetreten, um den Zug nach Osten vorbeizulassen. Er fuhr sehr schnell, aber ich konnte eben noch eine Gestalt auf dem ersten »Blinden« erkennen, die dem Schweden glich.
Ehe ich ihn wiedersah, sollten viele langweilige Tage vergehen. Ich arbeitete mich durch die Wüste von Nevada, die sich Hunderte von Meilen nach allen Richtungen erstreckte, hing nachts an den Überlandzügen, um schneller weiterzukommen, und fuhr

am Tage in geschlossenen Güterwagen, um ein bißchen Schlaf zu bekommen.
Es war früh im Jahre und in dieser hochgelegenen Gegend sehr kalt. Hier und dort lag Schnee auf der Ebene, alle Berge waren in Weiß gekleidet, und nachts wehte ein kalter Wind – der ungemütlichste, den man sich denken konnte. Es war kein Land, das zu einem längeren Aufenthalt verlockte. Und vergiß nicht, lieber Leser, daß der Landstreicher durch ein solches Land ohne Schutz vor der Witterung und ohne Geld reist, daß er gezwungen ist, sich durchzubetteln und nachts ohne Decken zu schlafen. Das versteht man jedoch nur hinreichend, wenn man es aus Erfahrung kennt.
Früh am Abend kam ich zum Bahnhof in Ogden. Der Überlandzug der Union-Pazifik-Linie sollte gleich in östlicher Richtung abfahren, und ich war entschlossen, mit ihm in Verbindung zu kommen. In dem Labyrinth von Gleisen vor der Lokomotive stieß ich auf eine Gestalt, die in der Dunkelheit herumschlich. Es war der Schwede. Wir drückten uns die Hände wie zwei Brüder, die lange getrennt gewesen waren, und entdeckten bei dieser Gelegenheit, daß wir beide Handschuhe trugen.
»Wo hast du die aufgegabelt?« fragte ich.
»Auf einer Lokomotive«, antwortete er. »Und wo hast du deine her?«
»Sie gehören einem Heizer«, sagte ich. »Er war ein bißchen unvorsichtig.«
Als der Überlandzug den Bahnhof verließ, spran-

gen wir auf den »Blinden«. Es war grimmig kalt. Das Gleis durchlief eine enge Felsenschlucht zwischen schneebedeckten Bergen, und wir zitterten beide vor Kälte, während wir dalagen und uns erzählten, wie wir die Strecke von Reno nach Ogden zurückgelegt hatten. Ich hatte in der vorigen Nacht nur eine Stunde geschlafen, und unser jetziger Aufenthalt war nicht so angenehm, daß er zu einem Schläfchen verlockt hätte. Bei einer Station ging ich etwas weiter nach vorne zur Lokomotive. Wir hatten »doppelte Besetzung« (zwei Lokomotiven), um uns die Steigung hinaufzuziehen.
Ich wußte, daß es auf dem Kuhfänger der ersten Lokomotive, die den Wind spaltete, zu kalt sein würde, und deshalb wählte ich den Kuhfänger der zweiten Lokomotive, der von der ersten geschützt wurde. Als ich hinaufkletterte, entdeckte ich, daß er schon besetzt war. Ich tastete mich in der Dunkelheit zurecht und bemerkte einen ganz jungen Burschen. Mit Mühe und Not reichte der Platz eben für zwei; ich veranlaßte den Jungen, sich eng zusammenzukauern, und kletterte neben ihn. Es war eine »gute« Nacht; die Bremser belästigten uns nicht, und in wenigen Minuten waren wir fest eingeschlafen. Ab und zu wurde ich dadurch geweckt, daß warme Asche auf uns herabfiel, oder daß es einen heftigen Ruck im Zuge gab, dann drückte ich mich nur enger an den Jungen und wurde von dem Fauchen der Lokomotiven und dem Kreischen der Räder wieder in Schlummer versetzt.

Der Überlandzug erreichte Evanston (Wyoming), aber dann ging es auch nicht weiter. Etwas voraus war ein Eisenbahnunglück passiert, und die Linie war gesperrt. Der Zugführer war getötet worden; seine Leiche, die uns gebracht wurde, zeigte, wie gefährlich die ganze Strecke war. Auch ein Vagabund war umgekommen, aber seine Leiche wurde nicht gebracht.

Ich redete mit dem Jungen. Er war dreizehn Jahre alt, seinen Eltern fortgelaufen, die irgendwo in Oregon wohnten, und befand sich nun auf dem Wege nach Westen zu seiner Großmutter. Er erzählte mir, wie furchtbar er in dem Heim, das er soeben verlassen hatte, mißhandelt worden war, und seine Erzählung klang sehr wahr; übrigens hatte er ja auch keinen Grund, mir, einem namenlosen Landstreicher, der von Ort zu Ort zog, etwas vorzulügen.

Und der Junge hatte auch Eile. Er konnte nicht schnell genug weiterkommen. Als sich die Bahnaufseher entschlossen, den Überlandzug denselben Weg, den er gekommen war, zurückzuschicken und ihn dann auf einer Seitenlinie nach Oregon und von dort nach der Union-Pazifik, jenseits von dem entgleisten Zuge, zu leiten, kletterte der Junge wieder auf den Kuhfänger und sagte, daß er dort bleiben wolle. Das war jedoch zuviel für den Schweden und mich. Es bedeutete, daß wir die ganze eisige Nacht hindurch reisen sollten, ohne mehr als vielleicht ein Dutzend Meilen zu gewinnen. Wir sagten, wir wollten warten, bis die Strecke frei gemacht wäre, und in der Zwischenzeit ordentlich ausschlafen.

Aber es war keine Kleinigkeit, um Mitternacht, ohne Geld, in furchtbarer Kälte, in einer fremden Stadt eine Schlafstelle zu bekommen. Der Schwede besaß nicht einen Pfennig. Mein Gesamtvermögen belief sich auf zwei Zehncentstücke und ein Fünfcentstück. Wir hatten von einigen Eingeborenen gehört, daß ein Glas Bier fünf Cent koste, und daß die Schanklokale die ganze Nacht geöffnet wären. Das war gerade das Richtige für uns. Zwei Glas Bier kosteten zehn Cent, es gab einen Ofen und Stühle, auf denen wir bis zum Morgen schlafen konnten. Mit raschen Schritten steuerten wir auf eine erleuchtete Schankwirtschaft los, der Schnee knirschte unter unseren Füßen, während ein kalter Wind uns durchwehte.

Ach, ich hatte die Eingeborenen mißverstanden. Es gab nur eine Wirtschaft in der ganzen Stadt, wo das Bier fünf Cent kostete, und wir hatten nicht das Glück, sie zu finden. Aber sonst war es ausgezeichnet. Es gab einen herrlichen, vor Hitze weißglühenden Ofen; es gab bequeme Lehnstühle mit Rohrsitzen und einen nicht gerade angenehm aussehenden Kellner, der uns, als wir eintraten, mißtrauisch von der Seite ansah. Man kann nicht gut Tag und Nacht in denselben Kleidern herumlaufen, auf Züge springen, sich mit Ruß und Asche herumschlagen, schlafen, wie und wo es sich gerade trifft, und dann noch anständig aussehen. Unser Äußeres sprach entschieden gegen uns, aber was machte das? Ich hatte ja Geld in der Hosentasche, um zu bezahlen.

»Zwei Glas Bier«, sagte ich nachlässig zum Kellner, und während er einschenkte, lehnten der Schwede und ich uns über die Bar und sehnten uns dabei im geheimen nach den Lehnstühlen am Ofen. Der Kellner stellte die beiden schäumenden Gläser vor uns hin, und ich legte stolz die zehn Cent auf den Schanktisch. Ich war ganz sicher. Sobald ich zu wissen bekam, daß ich mich im Preis geirrt hatte, wollte ich weitere zehn Cent aus der Tasche holen. Ich wollte mir nicht das geringste daraus machen, daß ich dann dastand, ohne etwas auf der Welt zu besitzen außer fünf Cent. Ich wollte bezahlen, gewiß! Aber der Kellner ließ mir keine Möglichkeit. Sobald er das Zehncentstück erblickte, das ich auf den Tisch gelegt hatte, ergriff er die beiden Gläser, eines mit jeder Hand, und goß das Bier in den Aufwasch hinter der Bar. Dann sah er uns wütend von der Seite an und sagte:
»Ihr habt Warzen auf der Nase! Ihr habt Warzen auf der Nase! Versteht Ihr?«
Ich war mir bewußt, daß ich keine Warzen hatte und der Schwede ebensowenig. Unsern Nasen fehlte nichts. Was für einen direkten Sinn diese Worte hatten, ging weit über unsern Verstand, aber der indirekte war klar wie der Tag – unser Aussehen gefiel ihm nicht, und das Bier kostete offenbar zehn Cent das Glas.
Ich fuhr in die Tasche und legte noch zehn Cent auf die Bar, wobei ich nachlässig bemerkte: »Ach, ich glaubte, hier koste es fünf Cent.«

»Wir wollen euer Geld nicht haben!« antwortete er und schob mir die beiden Zehncentstücke über die Bar wieder hin.
Ich ließ sie mit tiefem Bedauern wieder in die Tasche gleiten; mit tiefem Bedauern dachten wir an den gesegneten Ofen und die Lehnstühle, mit tiefem Bedauern gingen wir zur Tür hinaus in die Frostnacht.
Als wir aber zur Tür hinausgingen, rief uns der Kellner noch nach: »Ihr habt Warzen auf der Nase! Versteht Ihr?«
Seitdem habe ich mich viel in der Welt umgesehen, ich habe viele fremde Länder bereist und viele fremde Völker besucht, viele Bücher gelesen und viele Vorträge gehört, aber obwohl ich lange und gründlich über diese Sache nachgedacht habe, ist es mir doch nicht möglich gewesen, den Sinn der rätselhaften Äußerung des Kellners in Evanston zu erraten. Unsern Nasen fehlte nicht das geringste. Diese Nacht schliefen wir oben auf den Dampfkesseln einer elektrischen Lichtstation. Wie wir diese »Schlafstelle« entdeckten, weiß ich nicht mehr. Wir müssen gerade drauflos gesteuert sein, instinktiv, wie Pferde in der Richtung der Tränke gehen oder Brieftauben den heimischen Schlag finden. Aber es war eine Nacht, an die ich nicht gern zurückdenke. Als wir hinkamen, lag schon ein Dutzend Landstreicher oben auf den Kesseln, und es war zu heiß für uns alle. Was unsre verzweifelte Lage noch verzweifelter machte, war der Umstand, daß der Hei-

zer nicht erlauben wollte, daß wir uns unten im Raum aufhielten. Er ließ uns die Wahl zwischen den Kesseln und dem Schnee draußen. »Du sagtest, du wolltest schlafen – so schlaf doch, zum Teufel!« sagte er zu mir, als ich in den Feuerraum kam, ganz außer mir und völlig verkommen vor Hitze.

»Wasser!« stöhnte ich und wischte mir den Schweiß aus den Augen. »Wasser!«

Er zeigte nach der Tür und versicherte mir, daß ich irgendwo draußen in der Dunkelheit den Fluß finden würde. Ich ging in der angegebenen Richtung, verirrte mich in der Dunkelheit, fiel in einen Schneehaufen und kehrte halb erfroren zu meinem Platze auf den Kesseln zurück. Als ich wieder aufgetaut war, war ich durstiger als je. Überall lagen Landstreicher und klagten, jammerten, seufzten, japsten, stöhnten, warfen sich hin und her und schlugen in großer Qual mit Armen und Beinen um sich. Wir glichen einer Schar verlorener Seelen, die auf einem Rost in der Hölle lagen und gebraten wurden, und der Heizer – der leibhaftige Satan selbst – bot uns keine andere Wahl, als draußen zu erfrieren. Der Schwede erhob sich und verfluchte mit großer Leidenschaft die Wanderlust, die im Menschen schlummert und ihn in die Welt hinausgeschickt hatte, um solche Leiden auszustehen.

»Wenn ich nach Chicago zurückkomme«, erklärte er feierlich, »will ich sehen, Arbeit zu bekommen, und sie festhalten, bis die Hölle zufriert. Dann kann ich wieder anfangen zu wandern.«

Und durch eine wahre Ironie des Schicksals mußten der Schwede und ich am nächsten Tage – als die Schienen von dem verunglückten Zuge frei gemacht waren – Evanston in dem Eisbehälter eines »Apfelsinenzuges«, eines Gütereilzuges, verlassen, der mit Obst beladen aus dem sonnigen Kalifornien kam. Selbstverständlich waren die Eisbehälter leer wegen des kalten Wetters, aber das machte sie für uns nicht wärmer. Wir schlüpften durch die Luken ins Dach hinein; sie waren aus galvanisiertem Eisen gemacht und in der beißenden Kälte nicht angenehm anzufassen. Zitternd vor Kälte lagen wir da und hielten Kriegsrat, und wir entschlossen uns, Tag und Nacht in den Eisbehältern zu bleiben, bis wir von den ungastlichen Hochebenen in das Tal des Mississippi hinunterkämen.
Aber wir mußten selbstverständlich essen, und so beschlossen wir denn, bei der nächsten Zweigstation auszugehen, um etwas Essen zu ergattern, und dann zu unseren Eisbehältern zurückzukehren. Spät am Nachmittage erreichten wir die Stadt, die Green River hieß, aber es war noch ein wenig vor Abendbrotzeit. Vor den Mahlzeiten ist es immer am schwersten, von den Leuten etwas zu essen zu bekommen, aber wir nahmen allen Mut zusammen, stürzten die eisernen Leitern am Wagen hinunter, während der Güterzug in den Bahnhof einfuhr, und liefen nach den Wohnhäusern. Wir wurden bald voneinander getrennt, aber wir hatten verabredet, uns in den Eisbehältern zu treffen. Anfangs hatte

ich Pech, aber schließlich bekam ich doch ein paar Futterpakete zusammen, steckte sie ins Hemd und begann dem Zuge nachzulaufen. Der befand sich schon in Bewegung und fuhr sehr schnell. Der Kühlwagen, in dem ich mich mit dem Schweden treffen wollte, war schon vorbeigefahren, aber fünf oder sechs Wagen dahinter kletterte ich die eiserne Leiter hinauf, erreichte in größter Eile das Dach und ließ mich in einen Eisbehälter hinabgleiten.

Aber ein Bremser hatte mich von seinem Häuschen aus gesehen, und an der nächsten Station, Rock Springs, ein paar Meilen weiter, steckte er den Kopf herein und sagte: »Mach', daß du 'raus kommst, du Sohn einer Kröte! Mach', daß du 'raus kommst!« Dann packte er mich bei den Beinen und holte mich ans Tageslicht. Ich kam richtig heraus, während der Apfelsinenzug mit dem Schweden ohne mich weiterfuhr.

Es hatte angefangen zu schneien, und es sah aus, als sollte es eine kalte Nacht werden. Als es dunkel geworden war, begann ich zwischen den Eisenbahnwagen herumzusuchen, bis ich einen leeren Kühlwagen gefunden hatte. Ich kroch hinein – nicht in den Eisbehälter, sondern in den Wagen selbst. Ich schloß die schweren Türen, und da sie mit Gummileisten versehen waren, schlossen sie vollkommen luftdicht. Die Wände waren dick, und es gab keine Ritzen, durch die die Kälte in den Wagen dringen konnte. Aber drinnen war es ebenso kalt wie draußen. Die Erhöhung der Temperatur war mein nächstes Problem. Aber ein richtiger Landstreicher weiß immer Rat. Ich zog drei oder vier Zeitungen aus der Tasche. Die verbrannte ich eine nach der andern auf dem Boden des Wagens. Der Rauch stieg in die Höhe. Nicht das kleinste bißchen Wärme konnte entwischen, und ich lag warm und gut da und verbrachte eine wunderbare Nacht. Ich wachte nicht ein einziges Mal auf.

Am Morgen schneite es immer noch. Während ich draußen war, um etwas Frühstück zu erwischen, entging mir ein ostwärts fahrender Güterzug. Später am Tage erwischte ich zwei andere Güterzüge und wurde von beiden geschmissen. Es schneite jetzt stärker als je, aber in der Dämmerung fuhr ich auf dem ersten »Blinden« des Überlandzuges ab. Im selben Augenblick, als ich von der einen Seite aufsprang, sprang einer von der andern Seite auf. Es war der Junge, der aus Oregon weggelaufen war. Aber auf dem ersten »Blinden« eines Schnellzuges in einem mächtigen Schneesturm zu fahren, ist keine Vergnügungsreise. Der Wind fährt durch einen hindurch, prallt von der Vorderseite des Wagens ab und kommt wieder zurück. Als wir das erstemal hielten und es dunkel geworden war, ging ich nach vorn und redete mit dem Heizer. Ich bot ihm an, Kohlen zu schaufeln bis zu der Station, wo er abgelöst wurde – es war Rawlins –, und er nahm mein Angebot an. Meine Arbeit bestand darin, daß ich draußen auf dem Tender im Schnee stand, die Kohlenklumpen mit einem Vorschlag-

hammer zerstückelte und sie ihm zur Lokomotive hinüberschaufelte. Da ich aber nicht die ganze Zeit zu tun hatte, konnte ich hin und wieder zu ihm hinüberkommen und mich ein bißchen wärmen.
»Hör'«, sagte ich in der ersten Pause zu ihm, »auf dem ersten ›Blinden‹ liegt ein kleiner Kerl. Er friert sehr.«
Hinten auf den Lokomotiven der Union-Pazifik ist ziemlich viel Platz, und wir räumten dem Jungen einen warmen Winkel vor dem Feuerloch ein, wo er augenblicklich einschlief. Gegen Mitternacht kamen wir in Rawlins an. Es schneite mehr als je. Hier sollte die Lokomotive in den Schuppen gefahren und eine neue Maschine vorgespannt werden. Als der Zug hielt, sprang ich hinunter und gerade einem Mann in einem großen Mantel in die Arme. Er begann mich auszufragen, und ich fragte ihn prompt, wer er wäre. Er teilte mir ebenso prompt mit, daß er der Sheriff wäre. Ich zog meine Fühler ein, hörte und antwortete. Nun begann er den kleinen Kerl zu beschreiben, der auf der Lokomotive lag und schlief. In aller Eile überdachte ich die Situation. Es war klar, daß die Familie dem Bengel auf der Spur und der Sheriff telegraphisch von Oregon aus unterrichtet war. Ja, ich hätte den Jungen gesehen. Zuerst hätte ich ihn in Oregon getroffen. Das Datum stimmte mit dem überein, das dem Sheriff aufgegeben worden war. Aber der Junge mußte immer noch irgendwo auf der Strecke hinter uns sein, denn er wäre gerade von diesem Zuge ge-

schmissen worden, als wir Rock Springs verließen. Und unterdessen betete ich, daß der Junge nicht aufwachen und den Schauplatz betreten möchte, denn dann war ich geliefert. Der Sheriff verließ mich, um mit den Bremsern zu reden; ehe er ging, sagte er noch: »Kamerad, diese Stadt ist nichts für dich. Verstanden? Sorge dafür, daß du mit dem Zuge wieder fortkommst. Erwische ich dich hier, wenn der Zug abgefahren ist, dann –«

Ich versicherte ihm, daß ich mich nicht zum Vergnügen in seiner Stadt befände, und daß der einzige Grund, weshalb ich da wäre, der sei, daß der Zug haltgemacht hätte, daß ich aber so schnell aus seiner verfluchten Stadt verschwinden würde, daß er mich vor lauter Rauch nicht sähe.

Während er weiterging, um die Bremser auszufragen, sprang ich wieder auf die Lokomotive. Der Junge war aufgewacht und rieb sich die Augen. Ich erzählte ihm, was geschehen war, und riet ihm, mit der Lokomotive in den Schuppen zu fahren. Und so geschah es – auf dem Kuhfänger desselben Zuges fuhr der Junge zum Bahnhof hinaus mit dem Bescheid, wenn der Zug das nächste Mal hielt, den Heizer zu bitten, ihn auf der Lokomotive mitfahren zu lassen. Ich selbst wurde geschmissen. Der neue Heizer war jung und noch nicht menschlich genug, um die Vorschriften der Gesellschaft, denen zufolge kein Vagabund sich auf der Lokomotive aufhalten darf, unbeachtet zu lassen. Er schlug also mein Angebot, Kohlen für ihn zu schaufeln, ab. Ich hoffe, daß der Junge mehr Glück bei ihm hatte, denn die ganze Nacht im Schneesturm auf dem Kuhfänger zu verbringen, ist gleichbedeutend mit dem Tode. Merkwürdigerweise kann ich mich heute nicht mehr der Einzelheiten entsinnen, wie es zuging, als ich in Rawlins geschmissen wurde. Ich weiß nur, daß ich dastand und dem Zuge nachsah, der fast im selben Augenblick vom Schneesturm verschlungen wurde, und daß ich auf eine Schankwirtschaft lossteuerte, um mich etwas zu wärmen. Hier gab es Licht und Wärme. Alles war in vollem Betrieb. Pharo-, Roulette- und Pokertische waren besetzt, und ein paar tolle Cowboys waren losgelassen. Ich hatte das Glück, mich mit ihnen zu befreunden, und wollte gerade das erste Glas für ihre Rechnung hinuntergießen, als sich eine schwere Hand auf meine Schulter legte. Ich sah mich um und seufzte. Es war der Sheriff.

Ohne ein Wort zu sagen, zog er mich in den Schnee hinaus.

»Am Bahnhof hält ein Apfelsinenzug«, sagte er.

»Es ist eine verflucht kalte Nacht«, sagte ich.

»In zehn Minuten geht er ab«, sagte er.

Das war alles. Es kam zu keiner Aussprache. Und als der Apfelsinenzug abfuhr, befand ich mich im Eisbehälter. Als der Morgen graute, schien es mir fast, als ob mir die Füße abgefroren wären, und die letzten zwanzig Meilen bis Laramie stand ich im Türrahmen und hüpfte von einem Fuß auf den andern, um mich zu erwärmen. Es schneite zu stark,

als daß die Bremser mich hätten sehen können, und übrigens wäre es mir auch einerlei gewesen.
Ich hatte fünfundzwanzig Cent in der Tasche, dafür verschaffte ich mir ein warmes Frühstück in Laramie, und unmittelbar darauf sprang ich auf den »Blinden« des Überlandzuges, der durch den Paß kroch, welcher das Rückgrat der Rocky Mountains durchschneidet. Man fährt sonst nicht bei hellichtem Tage auf dem »Blinden«, aber ich konnte nicht glauben, daß die Bremser in einem Schneesturm hoch oben in den Rocky Mountains es übers Herz bringen würden, mich zu schmeißen. Und sie taten es auch nicht. Dagegen kamen sie jedesmal, wenn der Zug hielt, zu mir, um zu sehen, ob ich noch nicht erfroren sei.
Bei Ames' Monument, auf dem First der Rocky Mountains – wie hoch es war, weiß ich nicht mehr – kam der Bremser zum letzten Male zu mir.
»Hör, Kamerad«, sagte er, »kannst du den Güterzug sehen, der auf das Nebengleis gefahren ist, um uns vorbeizulassen?«
Ja, ich konnte ihn sehr gut sehen. Er hielt auf dem nächsten Gleis, sechs Fuß von uns entfernt. Ein paar Fuß weiter fort hätte ich ihn in dem Schneesturm nicht sehen können.
»In einem von den Wagen ist der Nachtrab von Kellys Armee. Sie haben zwei Fuß Stroh unter sich, und es sind so viel Menschen in dem Wagen, daß sie sich leicht warm halten können.«
Es war ein guter Rat, und ich befolgte ihn, war

allerdings darauf vorbereitet, falls es nur ein Trick des Bremsers gewesen sein sollte, wieder auf den »Blinden« des Überlandzuges zu springen, wenn er den Bahnhof verließ. Aber es stimmte. Ich fand den Wagen, einen großen Kühlwagen, dessen Tür auf der Leeseite, der Lüftung wegen, weit offen stand. Ich kletterte in den Wagen. Ich trat auf das Bein eines Mannes, dann auf den Arm eines andern. Das Licht war sehr schlecht, und ich konnte nichts sehen, außer einem unentwirrbaren Knäuel von Armen, Beinen und Körpern. Nie habe ich eine solche Verwirrung menschlicher Körper gesehen. Sie lagen im Stroh unter-, über- und durcheinander. Vierundachtzig große starke Landstreicher nehmen viel Platz ein, wenn sie flach nebeneinander liegen. Die Männer, auf die ich trat, wurden böse. Ihre Körper hoben sich unter mir wie die Wogen des Meeres, und ich wurde ganz unwillkürlich vorwärtsgestoßen. Ich wollte auf Stroh treten, konnte aber keins finden, und trat immer nur auf Menschen. Sie wurden immer wilder, und ich wurde immer weiter geschoben. Plötzlich verlor ich das Gleichgewicht und setzte mich hin. Unglücklicherweise auf den Kopf eines Mannes. Im nächsten Augenblick hatte er sich in großer Wut auf Hände und Füße erhoben, und ich flog durch die Luft. Was hochgeworfen wird, muß wieder herunterkommen, und so landete ich denn auch auf dem Kopf eines andern Mannes.

Von dem, was dann geschah, habe ich nur eine sehr dunkle Erinnerung. Es war, als wäre ich in eine

Dreschmaschine geraten. Wie ein Ball flog ich von einem Ende des Wagens zum andern. Die vierundachtzig Landstreicher siebten mich, bis das bißchen, was von mir übrig war, ein Plätzchen im Stroh finden konnte. Damit war ich aber auch in die Brüderschaft aufgenommen, und es war eine lustige Versammlung. Den ganzen Tag fuhren wir durch den Schneesturm, und um uns die Zeit zu vertreiben, wurde bestimmt, daß jeder eine Geschichte erzählen sollte. Es wurde zur Bedingung gemacht, daß jede eine gute Geschichte sein müßte, die noch keiner gehört hätte. Wer diese Bedingung nicht erfüllte, sollte zur Strafe in die Dreschmaschine. Es gab keinen, der die Bedingung nicht erfüllte. Und das muß ich sagen, ehe ich fortfahre, daß ich nie im Leben mit so guten Geschichten überschüttet worden bin. Hier lagen vierundachtzig Mann aus allen Himmelsgegenden – mit mir waren es fünfundachtzig –, und jeder erzählte eine Geschichte, die ein Meisterwerk war. Es war die Not, die uns trieb, denn es hieß entweder Meisterwerk oder Dreschmaschine.

Erst spät am Nachmittage kamen wir in Cheyenne an.

Der Schneesturm hatte jetzt seinen Höhepunkt erreicht, und obwohl keiner von uns seit dem Frühstück etwas zu essen bekommen hatte, wollte doch niemand hinausgehen, um etwas zum Abendbrot zu ergattern. Die ganze Nacht fuhren wir durch den Sturm, und am nächsten Tage befanden wir uns auf den schönen Ebenen von Nebraska und fuhren immer weiter. Schneesturm und Berge lagen hinter uns. Die gesegnete Sonne schien auf die lächelnde Landschaft herab, und wir hatten seit vierundzwanzig Stunden nichts zu essen bekommen. Wir berechneten, daß der Güterzug gegen Mittag in einer Stadt sein mußte, die, wenn ich mich recht erinnere, Grand Island hieß.

Wir legten zusammen und schickten ein Telegramm an die Obrigkeit der Stadt. Der Inhalt des Telegramms besagte, daß fünfundachtzig starke, ausgehungerte Landstreicher gegen Mittag hinkämen, und daß es eine gute Idee wäre, Mittagessen für sie bereit zu halten. Zweierlei konnte die Obrigkeit in Grand Island tun: uns Essen geben oder uns ins Gefängnis setzen. In diesem zweiten Falle war sie unter allen Umständen gezwungen, uns Essen zu geben, und sie kam klugerweise zu dem Ergebnis, daß eine Mahlzeit das Billigste wäre.

Als der Güterzug gegen Mittag in Grand Island einfuhr, saßen wir auf den Wagendächern im Sonnenschein und ließen die Beine herabbaumeln. Die ganze Polizeimacht der Stadt gehörte mit zum Empfangskomitee. Sie ordneten uns zu Kompanien und begleiteten uns in die verschiedenen Hotels und Restaurationen, wo für uns gedeckt war. Wir hatten seit sechsunddreißig Stunden nichts zu essen bekommen und bedurften keiner Belehrung, was wir zu tun hatten. Dann wurden wir wieder zum Bahnhof transportiert. Die Polizei war so fürsorglich gewesen, Weisung zu geben, daß der Güterzug auf uns warten solle. Langsam fuhr er zum Bahnhof hinaus, und wir standen alle fünfundachtzig in einer Reihe am Bahnkörper und ergriffen Besitz von dem Zuge. Wir bekamen an diesem Tage kein Abendessen – oder vielmehr, der Nachtrab bekam keines, wohl aber ich. Als der Zug zur Abendbrotzeit eine kleine Station verließ, kletterte ein Mann in den Wagen, in dem ich mit drei andern Pedro spielte. Das Hemd des Mannes bauschte sich höchst verdächtig. In der Hand hielt er einen verbeulten, dampfenden Blechtopf. Ich konnte riechen, daß »Java« darin war. Ich überließ meine Karten einem der Kerle, die zusahen, und entschuldigte mich. Dann setzte ich mich, von neidischen Blicken gefolgt, an das andere Ende des Wagens mit dem Manne, der auf den Zug gesprungen war und jetzt seinen »Java« und seine verschiedenen Fettigkeiten mit mir teilte. Es war der Schwede. Gegen zehn Uhr abends kamen wir in Omaha an.

»Laß uns sehen, daß wir den Nachtrab loswerden«, sagte der Schwede zu mir.

»Gemacht!« sagte ich.

Als der Zug in Omaha einfuhr, waren wir bereit, unsern Vorsatz auszuführen. Aber die Bevölkerung von Omaha war auch bereit. Der Schwede und ich hingen an den eisernen Leitern an der Seite des Zuges und wollten abspringen. Aber der Güterzug hielt gar nicht. Ferner standen dort lange Reihen von Polizisten, deren Messingknöpfe und Sterne in dem elektrischen Licht blitzten, zu beiden Seiten des Fahrdammes. Der Schwede und ich wußten, was wir zu gewärtigen hatten, wenn wir ihnen in die Arme sprangen. So hielten wir uns an den eisernen Leitern fest, während der Zug weiter über den Missouri nach Council Bluffs fuhr.

»General« Kelly lagerte mit einem Heer von zweitausend Landstreichern im Chautauquapark, ein paar Meilen weiter. Es war sein Nachtrab, in den wir geraten waren. Nachdem wir in Council Bluffs ausgestiegen waren, ging es nach dem Lager. Es war kalt geworden, und schwere Sturmböen durchnäßten uns und ließen uns erschauern. Eine große Anzahl Polizisten paßte auf und trieb uns nach dem Lager. Der Schwede und ich fanden glücklich eine Gelegenheit zu entwischen.

Jetzt begann es in Strömen zu regnen, und wir tappten in der Finsternis weiter, ohne auch nur eine Hand vor Augen sehen zu können. Es galt ja, Unterkunft für die Nacht zu finden, und unser Instinkt half uns, denn ehe wir es zu sagen wußten, standen wir vor einer Schankwirtschaft. Es war kein eigentliches Restaurant, das nur in der Nacht geschlossen hatte, nicht einmal eine Wirtschaft mit fester Adresse, sondern eine Wirtschaft, die auf einer schweren Holzunterlage mit Walzen darunter stand und von einem Ort zum andern gefahren werden konnte. Die Türen waren verschlossen. Eine mächtige Böe peitschte uns den Regen ins Gesicht. Wir bedachten uns nicht einen Augenblick. Ein

Krach – die Tür war eingeschlagen, wir traten ein. Ich habe in meinem Leben manches in bezug auf schlechtes Nachtlogis erlebt. Ich habe im Höllenpfuhl der Hauptstädte kampiert, in Wasserpfützen genächtigt, im Schnee geschlafen, wenn das Spiritusthermometer vierundsiebzig Grad unter Null zeigte – eine Bagatelle von hundertundsechs Grad Kälte Fahrenheit –, aber ich muß sagen, daß ich nie eine scheußlichere Unterkunft gehabt, nie eine verzweifeltere Nacht verbracht habe als die mit dem Schweden in der rollenden Gastwirtschaft bei Council Bluffs. Erstens hatte das Gebäude, das ein Stück über dem Boden lag, eine Menge Spalten im Fußboden, so daß der Wind ungehindert hindurchsausen konnte. Zweitens war die Bar leer, und es gab nicht eine einzige Flasche Feuerwasser, die uns erwärmen und uns unser Elend vergessen machen konnte. Wir hatten keine Decken, und in unserm nassen Zeug, bis auf die Haut durchweicht, versuchten wir einzuschlafen. Ich legte mich unter den Schanktisch, und der Schwede kroch unter den Tisch. Aber es war nicht auszuhalten bei all den Löchern und Spalten im Fußboden, und nach Verlauf einer halben Stunde war ich oben auf den Schanktisch geklettert. Etwas später kletterte auch der Schwede auf seinen Tisch.

Und da lagen wir nun zitternd vor Kälte und beteten, daß der Tag bald kommen möchte. Ich weiß, daß ich zitterte, bis ich nicht mehr zittern konnte, bis die Muskeln, die das Erschauern bewirkten, vollkommen schlaff waren und wahnsinnig schmerzten. Der Schwede jammerte und stöhnte und murmelte jeden Augenblick mit klappernden Zähnen: »Nie wieder, nie wieder!« Er murmelte diesen Satz immer wieder, unaufhörlich, mindestens tausendmal, und als er schließlich ein bißchen einnickte, murmelte er ihn noch im Schlaf.

Bei Tagesanbruch verließen wir dies Haus der Qual und gerieten in einen sehr dichten und kalten Nebel. Wir tappten weiter, bis wir die Schienen erreichten. Ich wollte nach Omaha zurück, um möglichst etwas Frühstück zu erwischen, und mein Begleiter wollte weiter nach Chicago. Die Stunde der Trennung war gekommen. Die Hand des einen suchte, völlig gelähmt, die ebenso kraftlose des andern. Wir zitterten beide am ganzen Körper. Wenn wir etwas sagen wollten, klapperten unsere Zähne, so daß wir kein Wort hervorbringen konnten. Allein, von aller Welt abgeschnitten, standen wir da; alles, was wir sahen, war ein Stückchen Gleis, das zu beiden Seiten vom Nebel verschlungen wurde. Wir starrten uns an, ohne etwas zu sagen, und als wir uns die Hände drückten, zitterten sie wie in beiderseitigem Einverständnis. Das Gesicht des Schweden war blau vor Kälte, und ich weiß, daß meins es auch gewesen ist.

»Nie wieder, was?« brachte ich endlich heraus.

Die Kehle des Schweden bewegte sich, und er versuchte, etwas zu sagen, und dann erklang, schwach und fern, mit einem Flüstern, das so leise war, als käme es aus der Tiefe seiner erfrorenen Seele:

»Nie wieder Landstreicher.«
Er hielt inne, und als er fortfuhr, wurde seine Stimme immer kräftiger und immer heiserer, je mehr sein Wille die Herrschaft über sie erhielt:
»Nie wieder Landstreicher. Ich will versuchen, Arbeit zu bekommen. Das solltest du auch tun. Von solchen Nächten bekommt man ja nur Rheumatismus.«
Er schüttelte mir die Hand.
»Leb' wohl, Kamerad«, sagte er.
»Leb' wohl, Kamerad«, sagte ich.
Im nächsten Augenblick hatten wir uns im Nebel verloren. Es war unsere letzte Begegnung. Ich trinke auf dein Wohl, Herr Schwede, wo immer du bist. Ich hoffe, du hast die gesuchte Arbeit gefunden.

WIE ICH LANDSTREICHER WURDE

Hin und wieder stoße ich in Zeitungen, Zeitschriften und biographischen Handbüchern auf meine eigene Lebensbeschreibung, in der zart angedeutet wird, daß ich Vagabund wurde, um Menschen zu studieren. Das ist sehr hübsch und aufmerksam von den Biographen, aber es stimmt nicht. Ich wurde Vagabund – weil ich einmal so war, weil ich Wanderblut in den Adern hatte, das mir keine Ruhe ließ. Das Studium der Verhältnisse kam eigentlich zufällig; es kam hinterher, genauso, wie man naß wird, wenn man ins Wasser fällt. Ich kam zum Schienenstrang, weil ich es nicht lassen konnte, weil ich kein Geld hatte, mir eine Fahrkarte zu kaufen, weil ich so beschaffen war, daß ich nicht mein ganzes Leben »auf demselben Gleis« arbeiten konnte, weil – nun ja, weil es mir leichter fiel, es zu tun, als es zu lassen.

Es begann in meiner Vaterstadt Oakland, als ich sechzehn Jahre alt war. Ich hatte mir damals einen fabelhaften Ruf in dem Kreise von Abenteurern erworben, die ich mir zu meinem nächsten Umgang erwählt und der mir den Namen »König der Austernräuber« verliehen hatte. Es ist wahr, daß die andern, die nicht zu meinem Kreise gehörten, wie die ehrbaren Seeleute rings um die Bucht, die Hafenarbeiter, Jachtbesitzer und die gesetzmäßigen Eigentümer der gestohlenen Austern mich »Bandit«, »Spitzbube«, »Dieb« und »Räuber« nannten und verschiedene andere Bezeichnungen für mich hatten, die nicht gerade schön waren, aber als Schmeichelei aufgefaßt wurden und nur dazu beitrugen, die hohe Stellung, die ich einnahm, noch zu festigen. Damals hatte ich noch nicht »Das verlorene Paradies« gelesen, und als ich später »Lieber Herrscher in der Hölle, als Sklave im Himmel« las, war ich fest überzeugt, daß große Geister stets dieselbe Bahn ziehen. Zu dieser Zeit war es, daß eine zufällige Verkettung von Umständen mich zum ersten Male in das Abenteuer des Schienenstranges warf. Der Austernfang war damals gerade schlecht; in Benicia, vierzig Meilen von Oakland, lagen einige Decken, die ich gern holen wollte, und bei Port Costa, ein paar Meilen von Benicia, lag ein gestohlenes Boot im Gewahrsam des Polizisten. Nun war der Besitzer des Bootes ein Freund von mir, namens Dinny McCrea. Der Dieb, der es bei Port Costa zurückgelassen hatte, war Whisky-Bob, auch einer meiner Freunde. (Armer Whisky-Bob! Letzten Winter wurde seine Leiche an der Küste gefunden – niemand wußte, woher sie angeschwemmt war.)

Ich war vor kurzem von irgendwo »oben am Fluß« zurückgekehrt und hatte Dinny McCrea mitgeteilt, wo sein Boot sich befand, und Dinny McCrea hatte mir gleich zehn Dollar geboten, wenn ich es ihm nach Oakland bringen würde.

Zeit spielte für mich keine Rolle. Ich saß auf dem Kai und beredete die Sache mit dem Griechen Nickey, auch einem arbeitslosen Austernräuber. »Gehen wir«, sagte ich, und Nickey war bereit. Er war vollkommen ausgepumpt. Ich aber besaß fünfzig Cent und eine kleine Jolle. Das Geld setzte ich in Zwieback, Büchsenfleisch und ein Zehn-Cent-Glas französischen Senf (wir waren damals wild auf französischen Senf) um und transportierte diese Gegenstände an Bord der Jolle. Spät am Nachmittage heißten wir unser kleines Sprietsegel und fuhren los.

Wir fuhren die ganze Nacht, und am nächsten Morgen kamen wir mit einer prachtvollen Flut und frischem Achterwind glanzvoll durch die Carquinez Straits nach Port Costa. Dort lag das gestohlene Boot, keine fünfundzwanzig Fuß vom Kai entfernt. Wir gingen längsseits und ließen unser kleines Sprietsegel fallen. Dann schickte ich Nickey nach vorn, um den Anker zu lichten, während ich selbst daranging, die Beschlagseisinge loszumachen.

Da kam ein Mann auf den Kai gelaufen und rief uns an. Es war der Polizist. Mir fiel plötzlich ein, daß ich vergessen hatte, mir eine schriftliche Vollmacht von Dinny McCrea geben zu lassen. Ich wußte ferner, daß der Polizist wenigstens fünfundzwanzig Dollar dafür verlangen würde, daß er Whisky-Bob das Boot weggenommen und dann darauf aufgepaßt hatte. Und ich hatte meine letzten fünf Cent für Büchsenfleisch und französischen Senf ausgegeben, und schließlich betrug die Belohnung ja auch nur zehn Dollar. Ich warf einen hastigen Blick auf Nickey. Er hatte den Anker schon halb über Bord und schuftete mächtig.

»An Bord damit«, flüsterte ich ihm zu, wandte mich um und rief zu dem Polizisten zurück. Das Ergebnis war, daß wir beide durcheinander redeten, und daß unsere ausgesprochenen Gedanken zu lauter Unsinn wurden.

Der Polizist steckte eine immer drohendere Miene auf, und ich war gezwungen, ihn anzuhören. Nickey mühte sich so mit dem Anker ab, daß ich glaubte, die Adern müßten ihm platzen. Als der Polizist mit seinen Drohungen und Warnungen fertig war, fragte ich ihn, wer er wäre. Die Zeit, die er auf die Erklärung verwandte, ermöglichte es Nickey, den Anker klar zu kriegen. Ich machte eine schnelle Berechnung. Vor dem Polizisten war eine Leiter, die vom Kai ins Wasser hinunterführte, und an der Leiter lag eine Jolle vertäut. Die Riemen lagen darin. Aber sie war mit einem Vorlegeschloß festgemacht. Ich setzte meine ganze Hoffnung auf das Vorlegeschloß. Ich fühlte den Wind an meiner Backe, sah das Wachsen der Flut, blickte auf die Seisinge, die das Segel hielten, ließ meinen Blick auf Fallen hinauf zu den Blöcken gleiten und wußte, daß alles klar war. Da ließ ich alle Verstellung fahren.

»Los!« rief ich Nickey zu, sprang selbst an die Seisinge und warf sie los, während ich meinem Schöpfer dankte, daß Whisky-Bob richtige Knoten statt »Altweiberknoten« gemacht hatte.

Der Polizist war die Leiter hinuntergeklettert und arbeitete mit einem Schlüssel am Schloß. Der Anker wurde an Bord geheißt und das letzte Seising losgeworfen; im selben Augenblick bekam der Polizist die Jolle klar und sprang an die Riemen.

»Piekfall!« kommandierte ich und machte gleichzeitig die Klaufall los. Hoch kam das Segel im Handumdrehen. Ich machte fest und lief nach achtern ans Ruder.

»Leg' aus!« rief ich Nickey zu, der an der Piek stand. Der Polizist war dicht an unserm Achterende. Da kam ein Windstoß, und wir sausten los. Es war großartig. Wenn wir eine schwarze Flagge gehabt hätten, so weiß ich, wir hätten sie gehißt, so stolz war ich auf meinen Sieg. Der Polizist stand in der Jolle aufgerichtet, und die strahlenden Farben des Tages erblaßten neben der Lebendigkeit der Flüche, die er uns nachschickte. Dazu jammerte er nach einem Schießeisen. Ihr seht, daß wir wieder mal Glück hatten.

Nun, jedenfalls hatten wir das Boot nicht gestohlen. Es gehörte nicht dem Polizisten. Wir hatten nur die Belohnung gestohlen, die er erwartet hatte, und die eine besondere Art von Nebeneinnahme war. Und die stahlen wir ihm ja nicht im eigenen Interesse, sondern nur in dem meines Freundes Dinny.

In ein paar Minuten waren wir in Benicia, wieder ein paar Minuten später hatten wir die Decken an Bord. Ich ließ das Boot ans andre Ende des Dampferkais laufen, von wo wir Ausguck halten konnten, ob es jemand einfallen sollte, uns zu verfolgen. Man konnte ja nicht wissen. Vielleicht dachte der Polizist daran, an seinen Kollegen in Benicia zu telefonieren. Nickey und ich hielten Kriegsrat. In dem warmen Sonnenschein lagen wir auf Deck, während die frische Brise unsere Wangen kühlte und die Wellen plätschernd gegen die Seiten des Bootes schlugen. Es war unmöglich, vor Eintritt der Ebbe am Nachmittag nach Oakland zurückzukehren. Aber wir dachten uns, daß der Polizist, sobald die Ebbe kam, die Carquinez Straits im Auge behalten würde, so daß uns nur übrigblieb, bis zur nächsten Ebbe um zwei Uhr morgens zu warten, um dem Burschen in der Dunkelheit zu entwischen. Daher lagen wir auf Deck, rauchten Zigaretten und freuten uns des Lebens. Ich spuckte über die Reling des Bootes und maß die Fahrt der Strömung.

»Bei dem Wind könnten wir mit dieser Flut nach Rio Vista kommen«, sagte ich.

»Und es ist Obstzeit«, sagte Nickey.

»Und Niedrigwasser auf dem Fluß«, sagte ich. »Es ist die beste Jahreszeit, um nach Sacramento zu kommen.«

Wir richteten uns auf und sahen uns an. Der herrliche Westwind ergoß sich wie berauschender Wein über uns. Wir spuckten beide über die Reling und maßen die Strömung. Heute weiß ich, daß die Strömung und der herrliche Wind schuld an der ganzen Sache waren. Sie wandten sich an unsere seemännischen Instinkte. Wären sie nicht gewesen, so würde die ganze Kette von Ereignissen, die mich auf den Schienenstrang trieben, gebrochen sein.

Wir sprachen nicht ein Wort, wir warfen die Leinen los und heißten die Segel. Unsere abenteuerlichen Erlebnisse auf dem Sacramento River gehören nicht hierher. Aber schließlich kamen wir nach Sacramento und vertäuten am Kai. Das Wetter war prachtvoll, und wir verbrachten die meiste Zeit mit Schwimmen. An der Sandbank gegenüber der Eisenbahnbrücke stießen wir auf eine Horde junger Burschen, die ebenfalls herumschwammen. Zwischendurch lagen wir am Strande und unterhielten uns mit ihnen. Sie redeten anders als die jungen Burschen, mit denen ich bisher zusammengewesen war. Es war eine ganz neue Sprache. Es waren »Vagabundenlämmer«, und mit jedem Wort, das sie sagten, war es mir, als locke mich das freie Leben eines Vagabunden mit immer unwiderstehlicherer Macht.

»Als ich mal unten in Alabama war«, begann einer, und ein anderer sagte: »Als ich mit C. und A. von K. C. kam«, worauf ein dritter mit einem »Auf der C. und A. haben die Blinden keine Treppen«, einfiel. Und ich lag ganz still im Sande und hörte ihnen zu. »Es war mal in einer kleinen Stadt in Ohio am Lake Shore und dem südlichen Michigan«, bemerkte eines der Vagabundenlämmer, und wieder ein anderes sagte: »Bist du je mit der Kanonenkugel bei Wabash gefahren?«, worauf ein drittes einfiel: »Nein, aber mit dem ›weißen‹ Postzug von Chicago.« »Da wir gerade von Eisenbahnen reden – wartet erst, bis ihr die Pennsylvania probiert habt – feine Linie, keine Wasserbehälter, nehmen Wasser im Fahren ein – ja, der Zug, der kann fahren! Die Nord-Pazifik ist eine ganz schlechte Linie geworden, da passen die Polizisten auf.« »Ich wurde in El Paso geschnappt – zusammen mit einem Niggerjungen.« »Da wir gerade vom Fechten reden – habt ihr es schon mal bei den Franzosen von Montreal versucht – nicht einen Ton Englisch verstehen die – und man sagt: ›Mongee, Madame, mongee, no spika da French‹, reibt sich den Magen und sieht verhungert aus, und dann geben sie einem ein Stück Schweinebauch und einen trockenen Schnaps.«

Und ich blieb im Sande liegen und hörte ihnen zu. Im Vergleich mit den Abenteuern dieser fahrenden Gesellen nahmen sich meine Austernräubereien ungeheuerlich armselig aus. Mit jedem ihrer Worte eröffnete sich mir eine neue Welt, aber alles war für mich immer nur die Umschreibung eines einzigen Wortes: Abenteuer. Schön! Ich wollte diese neue Welt kennenlernen. Ich verglich in Gedanken meine Kräfte mit denen der Vagabunden. Ich war so stark wie nur einer von ihnen, ebenso gewandt, ebenso mutig, und mein Verstand war so scharf wie der ihre. Als es zu dunkeln begann, zogen sie sich an und gingen in die Stadt. Ich ging mit ihnen. Die Jungens begannen in der Hauptstraße um Geld zu fechten. Ich hatte noch nie im Leben zu betteln versucht, und das mitzumachen, wurde mir am schwersten in der ersten Zeit, als ich in das Heer der Vagabunden eingetreten war. Ich hatte ganz lächerliche Vorstellungen vom Betteln. Bisher war ich der Meinung gewesen, daß es feiner sei, zu stehlen, als zu betteln, und daß Raub noch feiner sei, weil sowohl Gefahr wie Strafe verhältnismäßig größer waren.

Als Austernräuber hatte ich mir schon Anschauungen über Recht und Unrecht erworben, die mir, wenn ich ihnen gefolgt wäre, sicher tausend Jahre Zuchthaus eingebracht hätten. Stehlen war ein Begriff, der sich für einen Mann ziemte, Betteln war gemein und verächtlich. Aber in der folgenden Zeit entwickelte ich mich: ja, das tat ich, bis ich so weit war, daß ich Bettelei als einen netten Spaß betrachtete, als einen Wettkampf, bei dem der Klügste den Sieg davontrug, als eine geradezu nervenstärkende Beschäftigung.

Aber am ersten Abend konnte ich mich nicht überwinden, es zu tun, und das Ergebnis war, daß die andern Jungens in eine Wirtschaft gehen und etwas essen konnten und ich nicht, weil ich nichts hatte.

Einer von ihnen gab mir etwas ab, und wir aßen zusammen. Aber beim Essen dachte ich über die Sache nach. Der Hehler, sagt man, sei ebenso schlimm wie der Stehler; der andre bettelte, und ich hatte nun den Nutzen davon. Ich kam zu dem Ergebnis, daß der Hehler viel schlimmer als der Stehler sei, und daß es nicht wieder so gehen sollte. Und das tat es auch nicht. Am nächsten Tage ging ich los und focht geradeso gut wie die andern um Essen und Geld.

Der Ehrgeiz des Griechen Nickey erstreckte sich nicht auf den Schienenstrang. Er eignete sich nicht zum Vagabunden, und eines Abends schlich er sich an Bord eines Prahms und fuhr flußabwärts nach San Francisco. Ich traf ihn – übrigens erst vor einer Woche – bei einem Boxkampf wieder. Er hatte es zu etwas gebracht. Er saß auf dem Ehrenplatz am Ring. Er veranstaltet Boxkämpfe und ist sehr stolz darauf. In der lokalen Sportswelt ist er auf seine Weise ein großer Mann.

Kein Vagabund ist »fertig«, bevor er über den »Hügel« gekommen ist – so lautete das Gesetz für Vagabunden, wie ich es in Sacramento auslegen hörte. Nun ja, da mußte ich eben sehen, über den »Hügel« zu kommen und meine Prüfung zu bestehen. Der »Hügel« war, nebenbei bemerkt, die Sierra Nevada. Die ganze Bande wollte einen kleinen Ausflug über den »Hügel« machen, und selbstverständlich wollte ich mit. Es war die erste Vagabundenleistung des Franzosen-Charley. Er war eben erst seiner Familie in San Francisco durchgegangen. Er und ich, wir sollten zeigen, was wir taugten.

Ich will hier nur erwähnen, daß ich nicht mehr meinen alten Königstitel trug. Ich hatte meine »Monica« bekommen. Ich war jetzt der »Seemannsjunge«, und später, als ich erst die Rocky Mountains zwischen mich und meine Vaterstadt gelegt hatte, wurde ich unter dem Namen »Frisco-Junge« bekannt.

Um zehn Uhr zwanzig fuhr der Central-Canada-Überland zum Bahnhof von Sacramento hinaus nach dem Osten, und dieser Zeitpunkt ist meinem Gedächtnis unauslöschlich eingeprägt. Wir waren etwa ein Dutzend, und wir standen in einer langen Reihe in der Dunkelheit vor dem Zuge, zum Aufspringen bereit. Alle Vagabunden der ganzen Stadt waren gekommen, um uns abfahren zu sehen oder uns – wenn es ihnen glückte – zu schmeißen. Das war für sie ein guter Witz, und an vierzig von ihnen standen kampfbereit da. Der Anführer der Bande war ein echter, tüchtiger Vagabund, namens Bob. Sacramento war seine Vaterstadt, aber er war schon viel »gefahren« und fast überall im ganzen Lande gewesen. Er zog Franzosen-Charley und mich beiseite und gab uns einige gute Ratschläge, die etwa so lauteten: »Wir wollen versuchen, eure Bande zu schmeißen, verstanden? Ihr beide seid Schwächlinge. Die andern können selber sehen, wie sie fertig werden. Sobald ihr einen ›Blinden‹ erwischt habt, klettert ihr auf Deck, verstanden? Und

ihr bleibt oben, bis ihr bei Roseville vorbei seid, denn dort fallen die Polizisten mit besonderem Vergnügen über jeden her, den sie sehen.«
Die Lokomotive pfiff, und der Zug setzte sich in Bewegung. Er hatte drei »Blinde«, so daß es für alle Platz gab. Wir würden sämtlich vorgezogen haben, ganz leise hinaufzuklettern, aber unsre vierzig Freunde drängten sich um uns zusammen und stellten sich selbst und uns auf die verblüffendste und frechste Weise zur Schau. Ich folgte Bobs Rat und kletterte auf Deck. Da lag ich nun, und mein Herz klopfte etwas schneller als gewöhnlich, während ich den Lärm unten mit anhörte. Das ganze Zugpersonal war vorn, und das Schmeißen war mit Eifer und Leidenschaft im Gange. Nach einer Fahrt von einer halben Meile hielt der Zug, und das Personal ging wieder nach vorn und schmiß alle, die das erstemal Glück gehabt hatten, herunter. Ich war der einzige, den sie nicht erwischten.
Auf dem Bahnhof, von einigen andern Vagabunden umgeben, die Zeugen des Unfalls gewesen waren, lag Franzosen-Charley, dem beide Beine abgeschnitten waren. Er war gestolpert oder ausgeglitten – das war alles –, und die Räder hatten das Weitere besorgt. Das war meine erste Bekanntschaft mit dem Schienenstrang. Erst zwei Jahre später traf ich Franzosen-Charley wieder und besah mir seine »Stümpfe«. Es war einfache Höflichkeit. Krüppel mögen es so gern, daß man ihre Stümpfe besieht. Eine der bemerkenswertesten Szenen des Vagabun-

denlebens ist eine Begegnung zwischen zwei Krüppeln. Ihre Gebrechen sind ein ausgezeichneter Unterhaltungsstoff; sie erzählen sich, wie es zugegangen ist, was sie von der Amputation wissen, äußern sich herabsetzend über die Ärzte und ziehen sich schließlich ein bißchen zurück, entfernen die verschiedenen Verbände und Lappen und vergleichen die Stümpfe.

Aber erst einige Zeit später, oben in Nevada, wo der Rest der Bande mich einholte, hörte ich von dem Unglück, das den Franzosen-Charley betroffen hatte. Die Bande selbst befand sich in trauriger Verfassung. Sie hatte ein Eisenbahnunglück mitgemacht, das durch die Schneepflüge veranlaßt worden war; der »Lustige Joe« ging an Krücken mit gebrochenen Beinen, und alle andern hatten mehr oder weniger ernste Schrammen und Quetschungen davongetragen.

Unterdessen lag ich auf dem Dach des Postwagens und dachte darüber nach, ob Roseville, die Stadt, vor der Bob mich gewarnt hatte, die erste oder die zweite Station wäre. Um ganz sicher zu gehen, kletterte ich weder das erstemal noch das zweitemal, als der Zug hielt, auf die Plattform hinunter. Und selbst dann tat ich es noch nicht. Die Geschichte war ja neu für mich, und ich fühlte mich sicherer, wo ich lag. Aber ich erzählte der Bande nie, daß ich die ganze Nacht auf Deck geblieben und quer über die Sierra Nevada, durch Schneestürme und Tunnels ganz bis nach Truckee auf der andern Seite gefahren war, wo ich um sieben Uhr morgens ankam. Ich hätte mich nämlich blamiert und wäre von der ganzen Gesellschaft ausgelacht worden. Ich habe hier zum erstenmal gestanden, wie es mit meiner ersten Reise über den »Hügel« ging. Aber die Bande erklärte, ich könnte noch ganz gut werden, und als ich wieder über den »Hügel« nach Sacramento zurückkam, galt ich als »fertiger« Vagabund.

Aber deshalb hatte ich immer noch viel zu lernen. Bob war mein Mentor, und er verstand seine Sache. Ich erinnere mich noch eines Abends – es war Markt in Sacramento, und wir trieben uns herum und amüsierten uns köstlich –, als ich meinen Hut bei einer Prügelei verlor. Ich stand barhaupt auf der Straße, und da war es wieder Bob, der mir zu Hilfe kam. Er zog mich beiseite und sagte mir, was ich tun sollte. Ich war ein bißchen ängstlich in bezug auf seinen Rat. Ich war eben aus dem Kittchen entlassen, wo ich drei Tage gesessen hatte, und ich wußte, daß ich, wenn ich wieder geschnappt wurde, nicht so billig davonkommen würde. Andererseits durfte ich mir natürlich nicht merken lassen, daß ich Angst hatte. Ich war über dem »Hügel« gewesen, hatte mich mit der Bande herumgetrieben und war »fertig«, und jetzt sollte ich zeigen, was ich taugte. Folglich richtete ich mich nach Bobs Rat, und er ging mit, um zu sehen, ob ich es fertigbrächte.

Wir nahmen Aufstellung in der K-Straße, wenn ich nicht irre an der Ecke der Fünften. Es war früh am Abend, und es wimmelte von Menschen. Bob be-

trachtete forschend jeden vorbeikommenden Chinesen oder richtiger seine Kopfbedeckung.
Ich hatte so oft darüber nachgedacht, woher es kam, daß die Vagabunden immer »Fünf-Dollar-Stetson-Hüte mit steifer Krempe« trugen, aber jetzt wußte ich es. Sie bekamen sie – wie ich jetzt einen bekommen sollte – von den Chinesen. Ich war nervös – es waren so viele Leute in der Nähe; aber Bob war so kühl wie ein Eisberg. Ein paarmal, wenn ich mich schon zusammengerafft hatte und auf einen Chinesen losfahren wollte, packte Bob mich und hielt mich zurück. Er wollte, daß ich einen guten und passenden Hut haben sollte. Bald kam ein Hut vorbei, der zwar die richtige Größe hatte, aber nicht neu war, dann, nach einem Dutzend unmöglicher Hüte, vielleicht einer, der neu war, aber nicht die richtige Größe hatte. Und wenn einmal einer vorbeikam, der neu war und zugleich die richtige Größe hatte, dann war die Krempe zu groß oder nicht groß genug. Du lieber Gott, wie wählerisch war Bob! Ich war so nervös, daß ich jeden beliebigen »Deckel« genommen hätte.
Aber schließlich kam der Hut, der einzige Hut in Sacramento, der für mich paßte. Sobald ich ihn sah, wußte ich, daß es ein Haupttreffer war. Ich schielte zu Bob hinüber. Er sah sich forschend nach der Polizei um und nickte dann.
Ich nahm den Hut vom Kopfe des Chinesen und pflanzte ihn auf meinen eigenen. Er paßte, als wäre er für mich gekauft. Dann machte ich mich eilends

aus dem Staube. Ich hörte noch einen Ausruf von Bob und sah, wie er dem aufgebrachten Mongolen ein Bein stellte, um ihn daran zu hindern, mir nachzulaufen. Ich lief, was ich konnte. Ich bog um die nächste Ecke und wieder um die nächste. Hier war es nicht so belebt wie in der K-Straße, und ich ging in aller Ruhe weiter, schöpfte Luft und beglückwünschte mich zu meinem Hut und meiner gelungenen Flucht.

Aber plötzlich bog ein barköpfiger Chinese hinter mir um die Ecke. Ihm folgten ein paar andere Chinesen und ihnen auf den Fersen ein Dutzend Männer und Jungens. Ich jagte zur nächsten Ecke, setzte mit einem Sprunge über die Straße und bog dann wieder um die Ecke. Ich war überzeugt, ihn müde gelaufen zu haben, und ging wieder in aller Ruhe weiter. Aber wer kam um die Ecke dicht hinter mir? Der hartnäckige Mongole. Es war die alte Geschichte vom Hasen und dem Swinegel. Er konnte nicht so schnell laufen wie ich, aber er war immer da, trottete in einem schleichenden, trügerischen Zuckeltrab hinter mir her und verschwendete dazu noch ein gut Teil seiner kostbaren »Luft«, um mich laut zu verfluchen. Er rief ganz Sacramento zum Zeugen der ihm zugefügten Schande auf, und ein großer Teil Sacramentos hörte ihn und scharte sich um ihn. Und ich lief weiter, wie der Hase, und immer näher kam mir der energische Mongole mit einem stets größer werdenden Pöbelschwarm auf den Fersen. Als aber zuletzt ein Polizist mit dazugekommen war, legte ich mich mächtig ins Zeug. Ich bog bald rechts, bald links ab, und ich möchte darauf schwören, daß ich um mindestens zwanzig Häuserblocks herumlief. Gott sei Dank, den Chinesen sah ich nie wieder. Der Hut war prachtvoll, ein funkelnagelneuer »Stetson«, der eben erst aus dem Laden gekommen war und ein Gegenstand des Neides für die ganze Bande wurde. Ferner war er ein Symbol für meine Tüchtigkeit. Ich trug ihn länger als ein Jahr.

Vagabundenlämmer sind wirklich nette Kerlchen – wenn sie allein sind und einem erzählen, »wie es zuging«, aber ihr könnt mir glauben: man muß vorsichtig sein, wenn sie hordenweise auftreten. Dann sind sie wie Wölfe, und wie Wölfe sind sie imstande, selbst den stärksten Mann zu werfen. Bei solchen Gelegenheiten fürchten sie nichts. Sie werfen sich über einen Mann, klammern sich an ihn mit der ganzen Kraft ihrer starken, zähen Knabenkörper, bis er fällt und völlig hilflos ist. Ich habe selber einmal dabei zugesehen, und ich weiß daher, was ich sage. Sie tun es meistens, um ihr Opfer auszuplündern. Und man hüte sich vor dem »Starken Arm«. Jeder einzelne in der Bande, zu der ich gehörte, war ein wahrer Meister auf diesem Gebiete. Selbst Franzosen-Charley konnte es, ehe ihm die Beine abgefahren wurden.

Mir steht noch ein Auftritt vor Augen, den ich einmal im »Weidengehölz« erlebte. Das »Weidengehölz« war eine Baumgruppe auf freiem Felde in der Nähe des Bahnhofs und nur fünf Minuten vom Herzen Sacramentos. Es war Nacht, und der ganze Auftritt spielte sich beim schwachen Schimmer der Sterne ab. Ich sehe noch den großen starken Arbeiter mitten in der Bande von Vagabundenlämmern. Er ist wütend, flucht und schimpft, aber er ist nicht die Spur bange, denn er verläßt sich auf seine Kraft. Er mag hundertundsiebzig Pfund wiegen, und seine Muskeln sind wie Eisen, aber er weiß nicht, mit wem er es zu tun hat. Die Jungens umschleichen ihn knurrend, und es sieht nicht gerade schön aus. Plötzlich stürzen sie von beiden Seiten auf ihn los, und er langt aus und wirbelt herum. Das »Barbierlamm« steht neben mir, und als der Mann herumwirbelt, springt es zu und zeigt, was es kann. Es stößt dem Mann das Knie in den Rücken, schlingt ihm von hinten den rechten Arm um den Hals, so daß der Handknöchel gegen die Halsschlagader gepreßt wird. Dann wirft es sich mit seinem ganzen Gewicht hintenüber. Es ist ein guter Griff, und dazu kann der Mann keine Luft bekommen. Das ist der »Starke Arm«.

Der Mann leistet Widerstand, ist aber schon hilflos im wahrsten Sinne des Wortes. Die Jungens fahren von allen Seiten auf ihn los, klammern sich ihm an Arme, Beine und Körper, und das »Barbierlamm« hängt fest wie ein Wolf, der einen Elch an der Kehle gepackt hat und ihn hintenüberzieht. Der Mann fällt, und die ganze Bande stürzt sich über ihn. Das »Barbierlamm« ändert die Stellung, läßt aber nicht einen Augenblick los. Während einige Jungens ihm die Taschen durchsuchen, halten andre ihm die Beine fest, damit er nicht um sich treten kann. Sie verbessern ihre Situation noch, indem sie ihm die Schuhe ausziehen. Der Mann hat jetzt Luft bekommen. Er röchelt, als wäre er am Ersticken, und die Jungens beeilen sich. Sie haben nicht die Absicht, ihn zu töten. Jetzt sind sie fertig. Auf ein Kommando lassen sie alle auf einmal los und zerstreuen sich, einer nimmt die Schuhe mit, denn er weiß eine Stelle, wo er einen halben Dollar dafür kriegt. Der Mann setzt sich auf und sieht sich um, verwirrt und hilflos. Selbst wenn er wollte, wäre es hoffnungslos, in der Dunkelheit und auf Strümpfen eine Verfolgung zu versuchen. Ich bleibe einen Augenblick zurück und sehe, was er macht. Er betastet seine Kehle, stößt einige trockene Töne aus, räuspert sich, wackelt auf höchst merkwürdige Weise mit dem Kopfe, wie um sich zu überzeugen, ob der Hals nicht ausgerenkt ist. Aber nun laufe ich selber weg, bin bald wieder bei der Bande und sehe nichts mehr von dem Manne – obgleich ich ihn immer vor mir sehen werde, wie er dasitzt im Schein der Sterne, verwirrt, ein bißchen erschrocken, furchtbar zerzaust, und Kopf und Hals mit seltsamen kleinen Rucken bewegt.

Namentlich Betrunkene sind ein gefundenes Fressen für Vagabundenlämmer, und nach ihnen halten sie stets Ausschau. Betrunkene sind ihre besondere Beute, wie die Fliege die besondere Beute der Spinne

ist. Es ist oft amüsant, zu sehen, wie sie mit einem Betrunkenen umspringen, besonders wenn er hilflos ist und niemand ihnen ihre Beute streitig machen kann. Beim ersten Angriff gehen sein Geld und seine andern Kostbarkeiten flöten. Dann setzen sich die Jungens in einem Kreise um ihr Opfer wie eine Schar von indianischen Medizinmännern. Ein Junge bekommt plötzlich Appetit auf den Schlips des Mannes. Da geht er hin, und Ärmel und Hosen werden mit dem Messer verkürzt. Zeitweise wird auch ein befreundeter erwachsener Vagabund hinzugerufen; er kann sich Jacke und Hose nehmen, die für die Jungens zu groß sind. Und zuletzt verschwinden sie, und ihre ausrangierten Lumpen liegen in einem Haufen neben dem Betrunkenen. Ein andrer Vorgang taucht in meiner Erinnerung auf. Es ist ein dunkler Abend. Meine Bande kommt den Bürgersteig in einer Vorstadt entlang. Vor uns geht, im Schein der elektrischen Lampe, ein Mann, der gerade die Straße überqueren will. Etwas Vorsichtiges und Tastendes liegt über seinem Gang. Die Jungens wittern gleich Beute. Der Mann ist betrunken. Er wankt auf die andre Seite hinüber, schlägt einen Richtweg über ein unbebautes Grundstück ein und wird vom Dunkel verschlungen. Es ertönt kein Kampfgeschrei, aber die ganze Bande macht sich mit einem Satz an die Verfolgung.
Doch was ist das? Zwischen der Bande und ihrer Beute steht eine Horde seltsamer, knurrender Gestalten, klein, undeutlich und drohend. Es ist eine

andre Bande junger Vagabundenlämmer, und in der feindseligen Pause, die jetzt eintritt, erfahren wir, daß der Mann ihre Beute ist, die sie schon ein weites Stück verfolgt hat, und daß wir nichts damit zu tun haben. Aber dies ist die Urzeit selbst.
Diese Wölfe sind Wolfsjunge. (Ich glaube wirklich, daß keiner von ihnen älter als zwölf bis dreizehn Jahre war. Von einigen, die ich später traf, hörte ich, daß sie am selben Tage von jenseits des »Hügels« gekommen und in Denver und Salt Lake City zu Hause waren.) Unsere Bande stürzt vor. Die Wolfsjungen heulen und schreien und schlagen sich wie kleine Teufel. Und rings um den Betrunkenen rast der Kampf um seinen Besitz. Mitten im Handgemenge fällt er zu Boden, und der Kampf wirbelt über seinen gefallenen Körper wie der Kampf zwischen Griechen und Trojanern um Leib und Rüstung eines gefallenen Helden.
Unter Geschrei, Tränen und Klagen werden die Wolfsjungen von der Beute vertrieben, und jetzt nimmt meine Bande den Mann in Behandlung.
Nie aber werde ich den armen Kerl und sein verschwommenes Erstaunen über diese Schlacht vergessen, die so plötzlich hier auf der Baustelle entbrannt war. Ich sehe ihn noch, wie er dasaß, ganz undeutlich in der Dunkelheit, taumelnd in seiner dumpfen Verwunderung, gutmütig versuchend, als Friedensstifter aufzutreten in der großen Prügelei, deren wahre Bedeutung er nicht erfaßte, sehe noch den wirklich gekränkten Ausdruck, als er, das un-

schuldige Wesen, von so vielen Händen mitten im rasenden Kampfgetümmel gepackt und umgerissen wurde.

»Bündel-Krämer« sind auch eine beliebte Beute für die Vagabundenlämmer. Ein »Bündel-Krämer« ist ein Vagabund, der arbeitet, und der Name kommt von einem Bündel Decken, mit dem er herumläuft. »Bündel-Krämer« arbeiten, wie gesagt, und daher ist anzunehmen, daß sie Kleingeld bei sich haben, auf das die Jungens es abgesehen haben. Das beste Jagdgebiet, wenn es gilt, »Bündel-Krämer« zu finden, sind Schuppen und Scheunen, Holzplätze, Eisenbahnwerkstätten und dergleichen im Weichbilde einer Stadt, und man muß ihn des Nachts fangen, wenn er diese Orte aufsucht, um sich in seine Dekken einzupacken und zu schlafen.

»Vergnügungsreisende« sind auch den Übergriffen der Vagabundenlämmer ausgesetzt. »Vergnügungsreisende« sind solche Landstreicher, die, im Gegensatz zum Vagabundenlamm, sich erst als ausgewachsene Männer aufs Vagabundieren gelegt haben. Die nächste Stufe ist der »Komet«, und dann kommt der »Professionelle«. Ich selbst wurde sehr bald aus einem Vagabundenlamm ein »Professioneller«. Kurze Zeit – als ich meine erste Monica »Frisco-Junge« mit einer andern, »Jack Seemann«, vertauschte – stand ich allerdings zuweilen in dem Verdacht, »Vergnügungsreisender« zu sein. Wenn aber die, die mich verdächtigten, meine nähere Bekanntschaft machten, gaben sie sehr bald ihre ungünstige Meinung von mir auf, und in kürzester Zeit hatte ich es so weit gebracht, daß ich nach außen hin ganz als waschechter »Professioneller« auftrat.

Und an dieser Stelle sei gleich gesagt, daß die »Professionellen« die Aristokratie des Schienenstranges bilden. Sie sind die Herren und Meister der andern, die Angreifer, der Uradel.

Als ich aus Nevada über den »Hügel« zurückkam, entdeckte ich, daß irgendein Flußpirat Dinny McCreas Boot gestohlen hatte. (Es ist komisch, aber ich kann mich heute noch nicht entsinnen, was aus der Jolle wurde, in der der Grieche Nickey und ich von Oakland nach Port Costa fuhren. Ich weiß nur, daß der Polizist sie nicht kriegte, und daß wir vielleicht mit ihr den Sacramento hinauffuhren, aber das ist auch alles.)

Weil Dinny McCreas Boot weg war, mußte ich mich dem Schienenstrang weihen, und als ich Sacramentos müde war, sagte ich der Bande Lebewohl (auf ihre liebenswürdige Art versuchten sie mich von dem Zuge zu schmeißen, mit dem ich die Stadt verließ) und begab mich auf einen Ausflug durch das San-Joaquin-Tal. Der Schienenstrang hatte mich gepackt und ließ mich nicht wieder los, und als ich später zur See gefahren und verschiedene andre Dinge versucht hatte, kehrte ich immer wieder zeitweise zu ihm zurück, um als »Professioneller« zu leben und mich in das Bad des Studiums der Menschen und der Verhältnisse zu stürzen, das mich bis auf die Haut durchnäßte.

GENERAL KELLYS ARMEE

Ich hatte einmal das Glück, einige Wochen mit einer Bande zu reisen, die zweitausend Mann zählte. Sie war bekannt unter dem Namen »General Kellys Armee«. Im Wilden Westen, ganz in Kalifornien, hatten General Kelly und seine Heldenschar Züge gekapert; als sie aber über den Missouri nach dem lebensmatten Osten kamen, waren sie mit ihrer Weisheit zu Ende. Der Osten hatte nicht die leiseste Absicht, den zweitausend Vagabunden freie Beförderung zuzugestehen. General Kellys Armee lag einige Zeit hilflos vor Council Bluffs. An dem Tage, als ich zu ihr stieß, marschierte sie, durch die Verspätung ganz verbittert, los, um einen Zug zu kapern.

Es war ein imposanter Anblick. General Kelly saß auf einem imposanten schwarzen Schlachtroß, und mit wehenden Fahnen und beim kriegerischen Schall von Trommeln und Pfeifen traten seine zweitausend Landstreicher, eine Kompanie neben der andern, in zwei Divisionen vor ihm an und marschierten dann sieben Meilen auf der Fahrstraße nach dem Städtchen Weston. Als letzter Rekrut befand ich mich im letzten Regiment, in der zweiten Division und in dem letzten Glied des Nachtrabs. In Weston schlug das Heer sein Lager neben dem Gleis oder vielmehr den Gleisen auf, denn es liefen zwei Linien durch Weston: die Chicago–Milwaukee–St.-Paul-Bahn und die Rock-Island-Bahn.

Wir hatten die Absicht, uns des ersten Zuges, der zum Bahnhof hinausfuhr, zu bemächtigen, aber das Eisenbahnpersonal vereitelte sie und trug den Sieg davon. Es gab keinen »ersten Zug«. Man sperrte die beiden Linien und ließ keinen Zug mehr ab. Während wir aber so am toten Gleis lagen, faßten die guten Leute in Omaha und Council Bluffs einen Entschluß. Es wurden Vorbereitungen getroffen, einen Volkshaufen zu mobilisieren, sich eines Zuges in Council Bluffs zu bemächtigen, ihn zu uns herunterzufahren und uns zu schenken. Aber auch das vereitelte das Zugpersonal. Es ließ dem Volkshaufen nicht Zeit, sich zu sammeln. Früh am nächsten Morgen kam eine Lokomotive mit einem einzigen Salonwagen zur Station und fuhr auf ein Seitengleis. Bei diesem Zeichen, daß jetzt wieder Leben in die toten Eisenbahnlinien kam, stellte sich die ganze Armee längs des Gleises auf.

Aber nie ist ein so ungeheuerliches Leben in eine tote Eisenbahn gefahren wie in diese beiden Linien. Im Westen hörten wir eine Lokomotive pfeifen. Sie kam in unserer Richtung ostwärts. Die ganze Reihe traf Vorbereitungen zum Aufspringen. Das Pfeifen klang unheilverkündend und rasend, und der Zug sauste in voller Fahrt vorbei. Der Landstreicher war noch nicht geboren, der bei dieser Fahrt hätte aufspringen können. Da ertönte ein neuer Pfiff, und ein neuer Zug sauste in voller Fahrt vorbei, dann wieder einer und noch einer, Zug auf Zug, Zug auf Zug. Die letzten bestanden aus Personenwagen, Postwagen, Loren, toten Maschinen, Arbeitswagen, Rettungsgeräten und dem ganzen Gerümpel von ausrangiertem und unbrauchbarem Material, das sich an großen Eisenbahnstationen ansammelt. Als der Bahnhof von Council Bluffs vollkommen ausgeräumt war, fuhren der Salonwagen und die Lokomotive nach Osten, und jetzt waren die Linien im Ernst tot. Dieser Tag verging, der nächste ebenfalls; es geschah immer noch nichts, und die ganze Zeit lagen die zweitausend Landstreicher in Dreck, Regen und Hagel an der Strecke. In der folgenden Nacht führten die guten Leute in Council Bluffs aber doch die Eisenbahnbeamten an. Ein Volkshaufen sammelte sich in Council Bluffs und marschierte über den Fluß nach Omaha, wo er auf einen andern Volkshaufen stieß; gemeinsam machten sie jetzt einen Angriff auf die Werkstätten der Union-Pazifik. Zuerst bemächtigten sie sich einer Lokomotive, dann setzten sie einen Zug zusammen und fuhren damit über den Missouri und die Rock-Island-Linie hinab, um ihn uns zu übergeben. Das Eisenbahnpersonal versuchte, das Vorhaben zu verhindern, aber es mißglückte ihm zum unsagbaren Schrecken des Stationsvorstehers und eines Eisenbahnarbeiters, der in Weston die Wache hatte. Diese beiden versuchten, ihren geheimen telegraphischen Anweisungen gemäß, die Schienen aufzureißen und den Zug, der voll von hilfsbereiten Freunden zu uns fuhr, zum Entgleisen zu bringen. Aber wir hatten Verdacht geschöpft und Patrouillen ausgeschickt. Auf frischer Tat ergriffen und von zweitausend wütenden Landstreichern umringt, bereiteten sich beide zum Tode vor. Ich weiß nicht, was sie rettete, es sollte denn der Umstand gewesen sein, daß der Zug im selben Augenblick kam.

Jetzt waren wir an der Reihe, eine lange Nase zu bekommen, und das geschah denn auch gehörig. In ihrer Eile hatten die beiden Volkshaufen nicht dafür gesorgt, einen hinreichend langen Zug zu beschaffen. Es war nicht Platz für die zweitausend Landstreicher. Folglich veranstalteten die Pöbelhaufen und die Landstreicher ein großes Palaver, und sie verbrüderten sich, sangen Lieder und schieden voneinander, indem die beiden Volkshaufen mit ihrem Zuge wieder nach Omaha zurückfuhren und die Landstreicher am nächsten Morgen zu dem hundertundvierzig Meilen langen Marsch nach Des Moines aufbrachen. Erst als General Kellys Armee über den Missouri gekommen war, begann sie zu marschieren, und nun fuhr sie nie wieder. Es kostete die Eisenbahn ein unmenschliches Geld, aber sie tat es aus Prinzip und sie siegte.

Wie lebendig stehen mir die Städte vor Augen, wenn ich die Karte studiere und unsere Route durch das fette Iowa verfolge!
Und die gastfreien Iowa-Bauern!
Sie kamen mit ihren Wagen und transportierten unser Gepäck; sie hielten warmes Frühstück längs des Weges bereit!
Die Bürgermeister der wohlhabenden Städtchen begrüßten uns mit Ansprachen und taten alles, um unsere Reise zu beschleunigen.
Deputationen von Kindern und jungen Mädchen kamen uns entgegen, und die guten Bürger erschienen zu Hunderten vor ihren Türen, faßten uns unter den Arm und marschierten mit uns durch die Hauptstraßen.
Und jedesmal, wenn wir in eine Stadt kamen, war Zirkustag, und da es viele Städte waren, gab es jeden Tag Zirkus.
Des Abends wogte eine ganze Völkerwanderung in unser Lager. Jede Kompanie hatte ihre Lagerfeuer, und um jedes Feuer war irgend etwas los. Die Köche in meiner Kompanie, Kompanie L, waren die reinen Gesangs- und Tanzkünstler und übernahmen den größten Teil der Unterhaltung. In einem andern Abschnitt des Lagers sang der Gesangverein mehrstimmige Lieder – eine der besten Stimmen besaß der »Zahnarzt«, der der Kompanie L angehörte. Wir waren ungeheuer stolz auf ihn.
Er zog auch der ganzen Armee die Zähne aus, und da das Zahnziehen gewöhnlich während der Mahl-

zeiten vor sich ging, gab es genügend Abwechslung in den Ereignissen, um unsern Appetit anzuregen. Der Zahnarzt hatte keine Betäubungsmittel, aber zwei oder drei von uns waren immer bereit, zuzupacken und den Patienten festzuhalten.

Außer den künstlerischen Leistungen der Kompanien und des Gesangvereins wurde gewöhnlich Gottesdienst abgehalten – die Ortsgeistlichen traten auf –, und es wurden eine Menge politischer Reden gehalten. Alles das lief nebeneinander her; es war genug los. Aus zweitausend Landstreichern kann eine Masse Talent herausgepreßt werden. Ich erinnere mich, daß wir eine ausgesuchte Baseball-Abteilung hatten, und sonntags pflegten wir die lokalen Klubs gründlich zu erledigen. Zuweilen siegten wir zweimal am Sonntag.

Als ich mich voriges Jahr auf einer Vortragsreise befand, kam ich in meinem Pullman nach Des Moines – ich meine nicht einen »Pullman mit Seitentüren«, sondern einen richtigen Pullman. Vor der Stadt sah ich die alte Gießerei, und das Herz klopfte mir bei ihrem Anblick. Bei dieser Gießerei hatte die Armee haltgemacht und einen gewaltigen Eid geschworen, daß sie wunde Füße hätte und nicht weitermarschieren würde. Wir nahmen die Gießerei in Besitz und erzählten Des Moines, daß wir gekommen wären, um zu bleiben – daß wir hereinspaziert wären, aber uns lieber hängen lassen wollten als wieder hinauszuspazieren. Des Moines war gastfrei, aber das war des Guten denn doch zuviel.

Mach' eine kleine Rechenaufgabe, lieber Leser! Zweitausend Landstreicher, die drei volle Mahlzeiten täglich essen, das macht zweiundvierzigtausend Mahlzeiten in der Woche oder hundertundachtundsechzigtausend Mahlzeiten selbst in den kürzesten Monaten. Das ist jedoch schon etwas. Wir hatten kein Geld. Des Moines mußte die Kosten tragen.
Des Moines war verzweifelt. Wir lagen in unserm Lager, hielten politische Reden, gaben göttliche Konzerte, zogen Zähne, spielten Baseball und Poker und verzehrten unsere sechstausend Mahlzeiten täglich, und Des Moines mußte für uns bezahlen. Des Moines wandte sich hilfesuchend an die Eisenbahnen, aber die waren unerbittlich. Sie hatten gesagt, daß wir nicht fahren sollten, und dabei blieb es. Wenn sie uns zu fahren erlaubten, würden sie damit ein Beispiel schaffen, und das wollten sie nicht. Und wir aßen weiter – das war es eben, was die Situation so ungemütlich machte. Wir wollten nach Washington, und um Fahrkarten, selbst zu herabgesetzten Preisen, für uns zu kaufen, mußte Des Moines eine kommunale Anleihe aufnehmen; blieben wir aber noch länger, so war die Stadt unter allen Umständen gezwungen, eine Anleihe aufzunehmen, um uns beköstigen zu können.
Da fand ein Lokalgenie die Lösung des Problems. Wir wollten nicht gehen. Schön. So sollten wir befördert werden. An Des Moines vorbei floß der Des Moines River nach Keokuk am Mississippi. Dieser

Fluß war dreihundert Meilen lang. Wir könnten auf ihm befördert werden, sagte das Lokalgenie, und wären wir einmal mit schwimmendem Material ausgestattet, so könnten wir uns selbst den Mississippi hinunter nach Ohio und von dort den Ohio hinauf befördern, bis wir schließlich nach einer kurzen Wanderung über die Berge nach Washington kämen. Des Moines veranstaltete eine Sammlung. Bürger, denen das Wohl ihrer Stadt am Herzen lag, beteiligten sich mit mehreren tausend Dollar. Planken, Tauwerk, Nägel und Twist zum Kalfatern wurden in großer Menge gekauft, und an den Ufern des Des Moines wurde eine mächtige neue Ära in der Geschichte des Schiffsbaus eingeleitet.

Des Moines River ist ein elender kleiner Wasserlauf, der zu Unrecht die Bezeichnung »Fluß« führt; im Westen, wo alles so viel größer ist, würde man ihn einfach einen Bach nennen. Die ältesten Einwohner schüttelten den Kopf und sagten, daß wir es nie fertigbringen würden, da es nicht Wasser genug gäbe, um ihn zu befahren. Des Moines zerbrach sich nicht den Kopf, die Stadt wollte uns nur loswerden, und wir waren so gemästet und optimistisch, daß wir uns auch nicht den Kopf zerbrachen.

Am Mittwoch, dem 9. Mai 1894, brachen wir auf. Des Moines war noch verhältnismäßig billig davongekommen, und sicher hat das Lokalgenie, das der Stadt aus der Verlegenheit half, eine Bronzestatue verdient. Allerdings mußte Des Moines unsere

Boote bezahlen, wir hatten sechsundsechzigtausend Mahlzeiten in der Gießerei verzehrt, und außerdem holte sich die Intendantur noch zwölftausend Mahlzeiten – wir mußten uns ja gegen eine Hungersnot in der Wüste sichern –, aber was hätte es andererseits für Des Moines bedeutet, wenn wir elf Monate statt elf Tage geblieben wären! Übrigens versprachen wir bei der Abreise, daß wir nach Des Moines zurückkehren würden, wenn sich der Fluß als unbefahrbar erwiese.

Es war selbstverständlich sehr schön, daß die Intendantur zwölftausend Mahlzeiten hatte, und zweifellos ging es den Jungens in der Intendantur großartig, denn die Herren kamen uns andern sehr schnell aus den Augen, und jedenfalls mein Boot sah nie wieder etwas von ihr. Die kompanieweise Einteilung ging bei dieser Flußfahrt hoffnungslos in die Brüche. In jedem Lager ist immer ein gewisser Prozentsatz Faulenzer, Hilfloser, Durchschnittsmenschen und tüchtiger Kerle. In meinem Boot befanden sich zehn Mann, und sie waren die Blüte der Kompanie L. Jeder einzelne von ihnen war ein tüchtiger Kerl. Ich war aus zwei Gründen unter ihnen. Erstens war ich so tüchtig, wie nur irgendein Landstreicher je gewesen, und zweitens war ich »Jack Seemann«. Ich wußte Bescheid mit Booten und allem, was mit Schiffahrt zusammenhängt. Wir zehn vergaßen die andern vierzig Mann, die mit uns zusammen die Kompanie L gebildet hatten, und als wir eine Mahlzeit hatten entbehren müssen, ver-

gaßen wir sofort die Intendantur. Wir waren unabhängig. Wir fuhren für eigene Rechnung den Fluß hinunter, verschafften uns unser eigenes Essen, überholten jedes einzelne Boot der Flotte und – es tut mir leid, daß ich es sagen muß – beschlagnahmten zuweilen die Vorräte, die die Bauern für die Armee gesammelt hatten.
Den größten Teil der dreihundert Meilen langen Strecke waren wir dem übrigen Heer durchschnittlich einen halben bis einen ganzen Tag voraus. Wir hatten ein paar amerikanische Flaggen aufgegabelt, und wenn wir uns einem Städtchen näherten oder eine Schar Farmer am Ufer versammelt sahen, hißten wir die Flagge, sagten, daß wir der Vortrab wären, und erkundigten uns, was sie an Lebensmitteln für die Armee gesammelt hatten. Selbstverständlich repräsentierten wir die Armee, und die Vorräte wurden uns übertragen. Aber wir waren nicht kleinlich. Wir nahmen nie mehr, als wir mitnehmen konnten. Dagegen nahmen wir das Beste von dem, was da war. Hatte zum Beispiel ein menschenfreundlicher Farmer für mehrere Dollar Tabak gestiftet, so war das unser Fall. Ebenso Butter und Zucker, Kaffee und Konserven; wenn die aufgespeicherten Vorräte jedoch aus Säcken mit Mehl und Bohnen oder einigen Stück geschlachtetem Vieh bestanden, so besaßen wir die Seelenstärke, sie nicht anzurühren, und fuhren weiter, nachdem wir Order gaben, daß diese Waren den Intendanturbooten abgeliefert werden sollten, die uns folgten.

Wahrhaftig – wir zehn hatten damals gute Tage! Lange suchte General Kelly vergebens, uns anzuhalten. Er schickte uns zwei Ruderer in einem leichten, kiellosen Boot nach, um unsern Seeräubertaten ein Ende zu machen. Sie holten uns auch ein, gewiß, aber sie waren zwei und wir zehn. General Kelly hatte ihnen Vollmacht erteilt, uns gefangenzunehmen, und das sagten sie uns. Als wir uns nicht recht geneigt zeigten, uns gefangennehmen zu lassen, ruderten sie schleunigst nach der nächsten Stadt voraus, um Hilfe bei der Obrigkeit zu suchen. Wir gingen indessen an Land, und obwohl es noch ein wenig früh war, aßen wir zu Abend. Dann fuhren wir im Schutze der Dunkelheit an der Stadt mitsamt ihrer Obrigkeit still vorbei.
Während eines Teiles der Fahrt führte ich Tagebuch, und wenn ich es jetzt lese, so stoße ich immer wieder auf einen Satz: »Lebten großartig.« Und wir lebten wirklich großartig. Wir begnügten uns nicht einmal damit, uns unseren Kaffee mit Wasser zu kochen, sondern bereiteten ihn mit Milch, und das wunderbare Getränk nannten wir »hellen Wiener«. Während wir in dieser Weise voranzogen, und während die Intendantur irgendwo weit hinten herumirrte, hungerte die Hauptarmee, die sich zwischen diesen beiden Punkten befand. Es war schlimm für das Heer, das will ich gern einräumen, aber wir zehn waren Einzelgänger. Wir waren ebenso energisch wie unternehmend, und wir hegten die glühende Überzeugung, daß der Proviant

für den, der zuerst kam, und der »helle Wiener« für den Stärksten war.

Einmal blieb die Armee zwei ganze Tage ohne Essen, und dann kam sie an ein kleines Dorf mit dreihundert Einwohnern, auf dessen Namen ich mich nicht mehr besinne, obwohl es mir so ist, als ob es Red Rock hieß. Dies Dorf hatte wie alle andern Ortschaften, die die Armee passierte, eine Art Wohlfahrtskomitee ernannt. Nach der Berechnung, daß auf jede Familie fünf Mitglieder kommen, bestand die Bevölkerung von Red Rock aus etwa sechzig Familien. Das Wohlfahrtskomitee erstarrte vollkommen vor Schrecken, als nun zweitausend hungrige Landstreicher hereinbrachen und ihre Boote in zwei bis drei Reihen längs dem Ufer vertäuten. General Kelly war ein gerechter Mann. Er beabsichtigte nicht, hart gegen das Dorf zu verfahren. Er erwartete nicht, daß die sechzig Familien zweitausend Mahlzeiten lieferten. Zudem hatte die Armee ihr Barvermögen. Aber die Wohlfahrtsabgeordneten verloren den Kopf. »Die Eindringlinge nicht ermutigen«, lautete ihr Programm, und als General Kelly Nahrungsmittel kaufen wollte, schlugen sie es ab. Sie hätten nichts zu verkaufen. Sie brauchten General Kellys Geld nicht. Da sammelte General Kelly sein Heer. Die Hörner gellten, die Armee verließ die Boote und stellte sich in Schlachtordnung am Ufer auf. Das Komitee konnte nichts tun als zusehen. Die Rede des Generals war kurz und bündig.

»Kameraden«, sagte er, »wann habt ihr zuletzt etwas zu essen bekommen?«
»Vorgestern!« riefen sie.
»Seid ihr hungrig?«
Eine so mächtige Zustimmung erscholl aus zweitausend Kehlen, daß die Luft zitterte. Dann wandte sich General Kelly an das Wohlfahrtskomitee.
»Meine Herren, Sie sehen selbst, wie die Situation ist. Meine Leute haben seit achtundvierzig Stunden nichts zu essen bekommen. Wenn ich sie loslasse, kann ich nicht für die Folgen einstehen. Sie sind ganz verzweifelt. Ich schlug Ihnen vor, Nahrungsmittel zu verkaufen, aber Sie wollten nicht. Ich ziehe mein Angebot zurück. Statt dessen fordere ich jetzt Essen. Ich lasse Ihnen fünf Minuten, um Ihre Entschlüsse zu fassen. Entweder schlachten Sie sechs Ochsen und geben mir viertausend Rationen, oder ich lasse meine Leute los. In fünf Minuten, meine Herren!«
Die erschrockenen Wohlfahrtsmänner sahen die zweitausend hungrigen Vagabunden an und ergaben sich vollständig. Sie warteten nicht einmal die fünf Minuten ab. Sie wollten nichts riskieren. Das Schlachten des Viehs begann sofort, und die Armee bekam zu essen.
Und immer noch fuhren wir zehn Einzelgänger voraus und sammelten alles ein, dessen wir habhaft werden konnten. Aber General Kelly wurde doch mit uns fertig. Er schickte Reiter beide Ufer entlang, und die warnten Farmer und Städter vor uns.

Sie taten ihre Arbeit gründlich, das stimmt. Die früher so gastfreien Bauern bezeigten uns jetzt eisige Kälte. Sie riefen sogar Polizisten, wenn wir am Ufer anlegten, und ließen die Hunde auf uns los. Ich muß es wohl wissen. Zwei von den Hunden packten mich, als sich gerade ein Stacheldrahtzaun zwischen mir und dem Fluß befand. Ich war mit zwei Eimern Milch für den »hellen Wiener« beladen. Dem Zaun tat ich nichts, aber wir mußten Plebejerkaffee mit gewöhnlichem Wasser trinken, und ich mußte mich auf die Suche nach einem Paar neuer Hosen machen. Lieber Leser, ich möchte gern wissen, ob du je versucht hast, in größter Eile mit einem gefüllten Milcheimer in jeder Hand über einen Stacheldrahtzaun zu klettern. Seit jenem Tage hegte ich einen tiefen Widerwillen gegen Stacheldraht.

Da wir uns, solange General Kelly die beiden Reiter vor uns herreiten ließ, unmöglich unser Brot auf ehrliche Weise verdienen konnten, kehrten wir zur Armee zurück und machten Revolution.

Es war eine ganz kleine Revolution, aber sie vernichtete doch die Kompanie L der zweiten Division. Der Hauptmann der Kompanie L weigerte sich, uns anzuerkennen; er nannte uns Deserteure, Verräter und Banditen, und als er von der Intendantur Proviant erhielt, wollte er uns nichts abgeben. Der Hauptmann kannte uns nicht, sonst hätte er uns nicht den Proviant vorenthalten. Sofort steckten wir uns hinter den Oberleutnant. Er schloß sich uns mit den zehn Mann an, die er in seinem Boot hatte, und zum Dank ernannten wir ihn zum Hauptmann der Kompanie M. Der Hauptmann der Kompanie L wollte sich das nicht gefallen lassen. General Kelly, Oberst Speed und Oberst Baker wuschen uns den Kopf. Aber wir zwanzig hielten stand, und unsre Revolution wurde anerkannt.

Aber wir kümmerten uns auch jetzt nicht um die Intendantur. Die Tüchtigsten von uns konnten viel bessere Rationen bei den Bauern rings erhalten. Dagegen verließ sich unser neuer Hauptmann nicht recht auf uns. Wenn wir zehn Mann morgens losfuhren, wußte er nie, wann er uns wiedersehen würde; darum schickte er nach einem Grobschmied, um seinen Hauptmannsrang festhämmern zu lassen. In das Achterende unseres Bootes wurde auf jeder Seite ein schwerer Eisenbolzen getrieben. Ebenso wurden am Bug seines Bootes zwei mächtige eiserne Haken angebracht. Dann wurden die Boote dicht aneinandergezogen, so daß wir hinter dem andern lagen. Die Haken wurden durch die Augen der Bolzen getrieben, und da saßen wir denn gut und sicher verankert. Wir konnten nicht loskommen von unserm Hauptmann. Aber wir waren unverbesserlich. Und unsere Fesseln selbst wurden für uns das Mittel zu einer unfehlbaren Erfindung, die uns in den Stand setzte, jedes andere Boot in der Flotte nach unserer Pfeife tanzen zu lassen.

Wie alle großen Erfindungen, war auch diese rein zufällig. Wir machten sie, als wir in einer kleinen

Stromschnelle auf einen aufrecht stehenden Baumstamm aufstießen. Das erste Boot saß fest, während sich das hintere in der Strömung herumschwang, wobei das vordere auf dem Baumstamm die Achse bildete. Ich stand im Achterende des hinteren Bootes und steuerte. Wir versuchten vergebens, abzukommen. Da gab ich Order, daß die Mannschaft des vorderen Bootes in das hintere klettern sollte. Sofort kam das vordere Boot klar, und die Mannschaft nahm wieder ihre Plätze ein. Von diesem Augenblick an boten uns Baumstämme, Riffe und Bänke keinen Schrecken mehr. Wenn das erste Boot aufstieß, sprang im selben Augenblick die Mannschaft in das zweite hinüber. Natürlich nahm das erste Boot jetzt das Hindernis, und nun saß das zweite fest. Ganz mechanisch sprangen nun die zwanzig Mann, die jetzt in dem zweiten Boot saßen, in das erste, und das zweite kam klar.

Die Boote, die die Armee gebrauchte, waren alle gleich, nach der Elle gemessen und in gleich lange Stücke zugeschnitten. Es war eine Art rechteckiger Flöße. Alle Boote waren sechs Fuß breit, zehn Fuß lang und anderthalb Fuß tief. Waren unsere beiden Boote zusammengekoppelt, so saß ich also als Steuermann im Achterende eines Fahrzeuges, das zwanzig Fuß lang war und zwanzig stramme Landstreicher enthielt, die mit Riemen umzugehen verstanden. Außerdem war das Fahrzeug mit Decken, Kochgeräten und unserer eigenen Privat-Intendantur beladen.

Wir machten immer noch General Kelly Sorge. Er hatte seine Reiter eingezogen und verwendete statt deren drei Polizeiboote, die vorausfuhren und kein anderes Boot vorließen. Das Fahrzeug, das die Kompanie M enthielt, bedrängte die Polizeiboote indessen schwer. Wir hätten leicht vorbeikommen können, aber das wäre gegen die Vorschrift gewesen. Darum hielten wir uns in ehrerbietigem Abstand und warteten.

Wir wußten, daß vor uns jungfräuliches, nicht gebrandschatztes, gastfreies Bauernland lag, aber wir warteten. Schäumendes Wasser war alles, was wir brauchten, und als wir eine Biegung des Flusses passierten und ein Wasserfall voraus auftauchte, wußten wir, was geschehen würde. Klatsch! Polizeiboot Nummer 1 rennt gegen eine Klippe und sitzt fest. Krach! Polizeiboot Nummer 2 macht es ebenso. Wupp! Polizeiboot Nummer 3 teilt das Schicksal der andern. Selbstverständlich tut unser Boot dasselbe, aber eins-zwei-drei sind die Leute aus dem ersten Boot im zweiten; eins-zwei-drei sind alle vorn, und wir fahren weiter. »Halt! Ihr verdammten Kerle!« schreien die Polizeiboote. »Wie sollen wir das machen? Schimpft lieber auf den verdammten Fluß!« jammern wir im Vorbeifahren, von der unbarmherzigen Strömung erfaßt, die uns mitreißt und entführt, weit fort, außer Sehweite und in das gastfreie Bauernland, das unsere Intendantur mit den Erstlingen der aufgespeicherten Vorräte versorgt. Und wieder trinken wir »hellen

Wiener« und sagen uns, daß der Proviant für den bestimmt ist, der zuerst zur Stelle ist.
Armer General Kelly! Er machte einen neuen Versuch. Die ganze Flotte setzte sich in Bewegung, und wir mußten warten. Kompanie M fuhr ihrer Stellung im Heere gemäß ab, das heißt als letzte. Aber es dauerte nur einen Tag, und wir hatten den gut ausgedachten Plan zuschanden gemacht. Zwischen uns und dem nächsten fahrbaren Stück lag eine Strecke von fünfundzwanzig Meilen – lauter Stromschnellen, Sandbänke, Riffe und Klippen. Diese Strecke war es, über die die ältesten Einwohner von Des Moines die Köpfe geschüttelt hatten. Fast zweihundert Boote erreichten sie vor uns und stauten sich hier auf die merkwürdigste Weise. Wir gingen durch die gescheiterte Flotte wie der Schierling durchs Feuer. Man konnte den Klippen, Riffen und Baumstämmen nicht entgehen, wenn man nicht landete. Auch wir entgingen ihnen nicht. Wir gingen geradeswegs über sie hinweg, eins-zwei-drei, eins-zwei-drei, erstes Boot, zweites Boot, erstes Boot, zweites Boot, alle Mann nach hinten, nach vorn und wieder nach hinten. In dieser Nacht waren wir allein im Lager, und wir blieben den ganzen nächsten Tag dort liegen und sahen zu, wie die Armee ihre beschädigten Boote flickte und eins nach dem andern ankam.
Unser Hohn kannte keine Grenzen. Wir takelten einen Mast auf, versahen ihn mit Segeln (das heißt Decken) und machten ganz kurze Tagesreisen,

während das Heer sich Tag und Nacht abrackerte, um uns nur im Auge zu behalten. Da nahm General Kelly seine Zuflucht zur Diplomatie. Auf dieser Strecke konnte uns kein Boot einholen. Wir waren ohne Vergleich die hitzigste Kompanie, die je den Des Moines River befahren hatte. Waren wir seinerzeit in Acht und Bann getan, so wurde der Bann jetzt gehoben, Oberst Speed wurde an Bord geschickt, und mit diesem hohen Offizier hatten wir nun die Ehre, die ersten zu sein, die Keokuk am Mississippi erreichten. Und alles, was recht ist: General Kelly und Oberst Speed, hier meine Hand! Ihr wart beide Helden, ihr wart Männer. Und ich bedaure wenigstens zehn Prozent der Sorgen, die das erste Boot der Kompanie M euch machte.

Bei Keokuk wurden alle Boote zu einem riesigen Floß zusammengekoppelt, und nachdem wir eines Sturmes wegen einen Tag lang dort festgelegen hatten, nahm uns ein Dampfer in Schlepp und brachte uns den Mississippi abwärts nach Quincy (Illinois), wo wir auf Goose Island an der andern Seite des Flusses unser Lager aufschlugen. Hier wurde die Idee mit dem Floß aufgegeben, die Boote wurden in Gruppen zu je fünf verbunden und überdeckt. Einer erzählte mir, daß Quincy die reichste Stadt ihrer Größe in den Vereinigten Staaten sei. Als ich das hörte, wurde ich sogleich von einem unwiderstehlichen Drang ergriffen, mein Glück zu versuchen. Keinem echten Vagabunden konnte es einfallen, eine so vielversprechende Stadt unbehel-

ligt zu lassen. Ich setzte in einem Kanu über den Fluß nach Quincy, kam aber mit einem großen Flußboot zurück, das fast bis zur Reling im Wasser lag, so beladen war es mit allem, was wir »verdient« hatten. Selbstverständlich behielt ich selbst alles Geld, das ich bekommen hatte, wenn ich auch die Bootsmiete bezahlte, und nahm mir zudem alles, was ich an Unterwäsche, Socken, gebrauchtem Zeug, Hemden, Mützen und Hüten verwenden konnte, und als die Kompanie M alles genommen hatte, nach dem sie Verlangen trug, blieb immer noch ein sehr ansehnlicher Haufen übrig, der der Kompanie L überlassen wurde. Ach, ich war jung und verschwenderisch in jenen Tagen! Ich erzählte den guten Leuten in Quincy »Geschichten« zu Tausenden, und jede Geschichte war gut, aber seit ich angefangen habe, für Zeitschriften zu schreiben, habe ich oft mit Bedauern an den Reichtum von Geschichten, an die Fruchtbarkeit meiner Phantasie gedacht, die ich damals in Quincy verschwendete.
In Hannibal (Missouri) trennten sich die zehn »Unüberwindlichen«. Nicht etwa nach einem bestimmten Plan. Jeder ging einfach seines Weges. Der Kesselmacher und ich desertierten heimlich. Am selben Tage verschwanden Scotty und Davy, und auch McAvoy und Fish glückte es, unbemerkt zu verschwinden. Das waren sechs von den zehn. Was aus den vier andern wurde, weiß ich nicht. Als Probe des Vagabundenlebens will ich hier folgende Zitate aus meinem Tagebuch anführen. Es sind die

Aufzeichnungen von den nächsten Tagen nach meiner Fahnenflucht:

»Freitag, den 25. Mai. Der Kesselmacher und ich verließen das Lager auf der Insel. Wir setzten in einer Jolle nach Illinois über und gingen sechs Meilen an der C. B. & Q. entlang nach Fell Creek. Wir waren sechs Meilen weit von unserm Wege abgekommen, erwischten aber eine Draisine und fuhren sechs Meilen nach Hull bei Wabash. Während wir uns noch dort aufhielten, trafen wir McAvoy, Fish, Scotty und Davy, die auch ausgerissen waren.

Sonnabend, den 26. Mai. Um 2 Uhr 11 erwischten wir die ›Kanonenkugel‹, als sie bei der Überführung losdampfte. Scotty und Davy wurden geschmissen. Wir vier andern wurden bei Bluffs, vierzig Meilen weiter, geschmissen. Am Nachmittage fanden Fish und McAvoy einen Güterzug, während der Kesselmacher und ich versuchten, etwas Essen für die Reise zu ergattern.

Sonntag, den 27. Mai. 3 Uhr 21 morgens kriegten wir die ›Kanonenkugel‹ und trafen Scotty und Davy auf dem Blinden. Bei Tagesanbruch wurden wir alle in Jacksonville geschmissen. Hier führt die C. & A. hindurch, und wir wollen sehen, sie zu erwischen. Der Kesselmacher ging fort und kam nicht wieder. Ich denke mir, daß er einen Güterzug gefunden hat.

Montag, den 28. Mai. Der Kesselmacher hat sich nicht wieder gezeigt. Scotty und Davy gingen fort, um sich irgendwo Nachtlogis zu verschaffen, und kamen nicht rechtzeitig zum K.-C.-Personenzug um 3 Uhr 30 zurück. Ich enterte ihn und fuhr damit bis nach Sonnenaufgang nach Masson City, 25 000 Einwohner. Erwischte einen Viehzug und fuhr die ganze Nacht.

Dienstag, den 29. Mai. 7 Uhr morgens Ankunft in Chicago – – –«

Und mehrere Jahre später mußte ich zu meinem Kummer in China erfahren, daß der Trick, den wir uns erdacht hatten, um die Stromschnellen auf dem Des Moines zu nehmen – die Idee mit eins-zwei, eins-zwei, erstes Boot, zweites Boot – gar nicht neu war. Ich erfuhr, daß chinesische Flußschiffer seit Jahrtausenden ein ähnliches System anwandten, um über »schlechtes Wasser« zu kommen. Aber es war doch ein ausgezeichneter Einfall, wenn wir auch nicht die Ehre der Erfindung hatten.

DER POLIZIST

Verschwände der Vagabund plötzlich aus den Vereinigten Staaten, so würde in vielen Familien des Landes große Not herrschen. Der Vagabund ermöglichte es Tausenden, ihr Brot auf ehrliche Weise zu verdienen und ihre Kinder zu gottesfürchtigen, arbeitsamen Mitbürgern zu erziehen. Davon kann ich ein Lied singen! Es gab eine Zeit, da mein Vater Polizist war und Vagabunden jagte, um sich auf diese Weise sein Brot zu verdienen. Der Staat bezahlte ihm soundso viel für jeden Landstreicher, den er fing, und wenn ich nicht irre, wurde er auch nach Meilen bezahlt. Es war stets ein schweres Problem in unserm Haushalt, wie wir mit dem Gelde auskommen sollten, ob wir uns viel oder wenig Fleisch, ein Paar neue Schuhe, den gewünschten Tagesausflug oder den in der Schule gebrauchten Leitfaden leisten konnten; das alles hing davon ab, ob mein Vater auf diesen Jagden Glück hatte. Oh, ich erinnere mich gut des unterdrückten Eifers und der Spannung, mit denen ich allmorgendlich darauf wartete, das Ergebnis seiner Mühe in der vergangenen Nacht zu hören – wieviel Vagabunden er gefangen hatte und wie die Aussichten für ihre Verurteilung standen. Daher kam es, daß mir später, wenn ich als Vagabund das Glück hatte, einen Polizisten, der auf Raub aus war, anzuführen, immer ganz unwillkürlich die kleinen Jungen und Mädchen im Hause des Polizisten leid taten; mir war, als brächte ich diese kleinen Jungen und Mädchen um einige Güter des Lebens.

Aber so ist es nun einmal. Der Landstreicher trotzt der Gesellschaft, und die Kettenhunde der Gesellschaft leben von ihm. Es gibt Landstreicher, die Wert darauf legen, von den Kettenhunden eingefangen zu werden – namentlich im Winter. Selbstverständlich wählen nun diese Landstreicher solche Gemeinden, wo die Gefängnisse »angenehm« sind, wo nicht gearbeitet werden muß und wo es ordentliches Essen gibt. Ferner gab es – und gibt es aller Wahrscheinlichkeit nach noch – Polizisten, die ihren Verdienst mit den eingefangenen Landstreichern teilen. Ein solcher Polizist braucht nicht zu jagen. Er pfeift, und das Wild kommt geradeswegs zu ihm. Es ist erstaunlich, wieviel Geld an elenden, zerlumpten Vagabunden zu verdienen ist. In allen südlichen Staaten gibt es – oder gab es jedenfalls in meinen Landstreichertagen – Gefangenenlager und Plantagen, wo die Farmer die Zeit der verurteilten Landstreicher kaufen und wo die Landstreicher einfach arbeiten müssen. Dann gibt es Plätze, wie die Steinbrüche in Rutland (Vermont), wo der Landstreicher ausgenützt wird, indem die unverdiente Lebenskraft, die er durch das Fechten auf den Straßen und an den Türen in sich aufgespeichert hat, zugunsten dieser besonderen Gemeinde aus ihm ausgesogen wird.

Nun weiß ich zwar nichts von den Steinbrüchen in Rutland. Wie glücklich bin ich, wenn ich bedenke, daß nicht wenig gefehlt hätte, und ich wäre hingekommen. So etwas pflegt unter Vagabunden von Mund zu Mund zu gehen, und ich hörte zum ersten Male von den Steinbrüchen, als ich in Indiana war. Als ich aber nach Neuengland kam, hörte ich noch mehr davon, und zwar immer wie von einer drohenden Gefahr. »Sie brauchen Leute in den Steinbrüchen«, sagten die Landstreicher, die ich unterwegs traf, »und sie geben einem nie weniger als drei Monate.« Als ich nach Newhampshire kam, war ich ziemlich nervös wegen dieser Steinbrüche, und ich war so vorsichtig wie noch nie und hielt mich in gemessenem Abstand von Eisenbahnbeamten und Polizisten.

Eines Abends fand ich auf dem Bahngelände in Concord einen abfahrbereiten Güterzug. Ich entdeckte einen leeren Wagen, öffnete die Seitentüren und kletterte hinein. Ich hoffte, gegen Morgen nach White River zu kommen; das lag in Vermont und kaum tausend Meilen von Rutland. Dann aber wurde, je weiter ich mich nordwärts arbeitete, die Entfernung zwischen mir und dem gefährlichen

Punkt immer größer. Im Wagen traf ich einen »Vergnügungsreisenden«, der furchtbar erschrak, als er mich kommen hörte. Er hielt mich für einen Bremser, und als er merkte, daß ich auch nur ein Landstreicher war, begann er von den Steinbrüchen in Rutland zu reden und sagte, daß er ihretwegen so erschrocken sei. Er war ein junger Bursche vom Lande, der bisher nur auf Lokalbahnen gereist war. Der Zug setzte sich in Bewegung, wir legten uns an das eine Ende des Wagens und schliefen ein. Zwei bis drei Stunden später hielt der Zug, und ich erwachte dadurch, daß die Tür auf der rechten Seite des Wagens ganz vorsichtig aufging. Der »Vergnügungsreisende« schlief weiter. Ich rührte mich nicht, sondern lag mit geschlossenen Augen da und spähte nur durch einen schmalen, von den Augenbrauen überschatteten Spalt. Eine Laterne wurde schnell durch die Türspalte hereingehalten, und dahinter erschien der Kopf eines Bremsers. Er bemerkte uns und betrachtete uns einen Augenblick. Ich war darauf vorbereitet, daß er fluchen oder das übliche »Raus mit euch, ihr verfluchten Kröten!« sagen würde, statt dessen zog er aber die Laterne zurück und schob die Tür ungeheur vorsichtig zu. Das fiel mir als äußerst merkwürdig und verdächtig auf. Ich lauschte und hörte, wie er leise den Riegel vorschob. Jetzt war die Tür von außen verschlossen. Wir konnten sie nicht von innen öffnen. Der eine der beiden Ausgänge, die wir bei plötzlicher Flucht aus dem Wagen benutzen konnten, war versperrt.

Das durfte nicht sein. Ich wartete ein paar Sekunden, schlich mich dann an die Tür auf der linken Seite und untersuchte sie. Sie war noch nicht verschlossen. Ich öffnete sie, sprang auf den Boden und schloß die Tür wieder hinter mir. Dann kletterte ich über die Puffer auf die andre Seite des Zuges, schob den Riegel wieder auf, kletterte hinein und schloß die Tür hinter mir. Jetzt waren beide Ausgänge wieder benutzbar. Der »Vergnügungsreisende« schlief immer noch.
Dann setzte sich der Zug in Bewegung. Wir erreichten die nächste Station. Ich hörte Fußtritte im Kies. Dann wurde die Tür auf der linken Seite mit großem Lärm geöffnet. Der »Vergnügungsreisende« erwachte; ich tat auch so, als ob ich erwachte, und wir erhoben uns und starrten den Bremser und seine Laterne an. Er verlor keine Zeit, sondern begann gleich von Geschäften zu reden.
»Ich will drei Dollar haben«, sagte er.
Wir sprangen auf und kamen näher zu ihm, um die Angelegenheit zu erörtern. Wir erklärten unsere grenzenlose opferwillige Bereitschaft, ihm die drei Dollar zu geben, setzten aber gleichzeitig auseinander, daß unsere Situation es uns ganz unmöglich mache, unseren Wünschen entsprechend zu handeln. Der Bremser war ungläubig. Er handelte mit uns. Er wollte sich mit zwei Dollar begnügen. Wir bedauerten, so unsäglich arm zu sein. Er sagte uns wenig schmeichelhafte Dinge, nannte uns Kröten und verfluchte uns in die Hölle. Dann begann er zu

drohen. Er erklärte, wenn wir nicht mit dem Draht herausrückten, würde er uns einsperren, mit nach White River nehmen und uns dort den Behörden übergeben. Er gab uns auch eine umständliche Beschreibung von den Steinbrüchen in Rutland.

Jetzt glaubte der Bremser, er hätte uns todsicher. Bewachte er etwa nicht die eine Tür, und hatte er nicht die andre vor ein paar Minuten verriegelt? Als die Rede auf die Steinbrüche kam, versuchte sich der erschrockene »Vergnügungsreisende« seitwärts zu der andern Tür zu stehlen. Der Bremser lachte lange und herzlich. »Nicht so schnell, Kamerad«, sagte er. »Als der Zug das letztemal hielt, hab' ich die Tür von außen verriegelt.« Er glaubte selbst so fest, daß die Tür verschlossen war, daß es vollkommen überzeugend klang; der »Vergnügungsreisende« glaubte ihm und war ganz verzweifelt.

Der Bremser stellte sein Ultimatum. Entweder gaben wir ihm die zwei Dollar, oder er schloß uns ein und übergab uns dem Polizisten in White River, und das bedeutete drei Monate Steinbrüche. Gesetzt, lieber Leser, die andre Tür wäre wirklich verriegelt gewesen! Da siehst du die Unsicherheit des menschlichen Lebens! Weil ich den einen Dollar nicht hatte, sollte ich in die Steinbrüche geschickt werden und drei Monate als Sträfling arbeiten. Und der »Vergnügungsreisende« auch. Laß mich einmal ganz aus dem Spiel und denke nur an den »Vergnügungsreisenden«. Wenn er nach den drei Monaten herausgekommen wäre, würde ihm vielleicht gar nichts anderes übriggeblieben sein, als die Verbrecherlaufbahn einzuschlagen. Und dann hätte er dir vielleicht bei dem Versuch, sich des Geldes, das du in der Tasche hattest, zu bemächtigen, den Schädel eingeschlagen, nicht wahr? Und wenn nicht gerade dir, dann vielleicht irgendeinem andern armen, unschuldigen Geschöpf.

Aber die Tür war nicht verriegelt, und das wußte nur ich allein. Der »Vergnügungsreisende« und ich flehten um Gnade. Ich bettelte und jammerte mit, wohl zumeist, um den Bremser zu necken. Und ich tat es, so gut ich konnte. Ich erzählte eine Geschichte, die das härteste Herz erweicht haben würde, nicht aber das dieses dreckigen, geldgierigen Bremsers. Als er sich schließlich überzeugt hatte, daß wir kein Geld hatten, schob er die Tür zu und legte den Riegel vor.

Dann blieb er noch einen Augenblick draußen stehen für den Fall, daß wir ihn angeführt hätten und ihm jetzt die zwei Dollar bieten würden.

Aber da legte ich los. Ich nannte ihn eine Kröte. Ich gab ihm alle die andern Namen, die er mir gegeben hatte, und noch einige dazu. Ich kam aus dem Westen, wo man besonders tüchtig im Fluchen ist, und ein räudiger Bremser auf einer lausigen Kleinbahn in Neuengland sollte mich nicht übertreffen an Kraft und Reichhaltigkeit der Sprache! Anfangs versuchte der Bremser darüber zu lachen. Dann beging er den Fehler, daß er antworten wollte. Jetzt legte ich noch kräftiger los. Ich schnitt Riemen aus seiner Haut und rieb ihm flammende, geflügelte Beinamen ins Fleisch. Und dieser großartige Wutanfall war auch nicht nur Laune und Literatur; ich war schrecklich erbittert auf diesen niederträchtigen Menschen, der mich, weil ich keinen Dollar hatte, dreimonatiger Sklaverei ausliefern wollte. Ferner hegte ich einen geheimen Verdacht, daß er einen Anteil vom Verdienst des Polizisten bekam. Aber ich sagte ihm gehörig die Meinung. Ich zerfleischte sein Selbstgefühl und seinen Stolz, daß sie für mehrere Dollar im Werte sanken. Er versuchte mich mit der Drohung einzuschüchtern, daß er hereinkommen und mir die Eingeweide aus dem Leibe treten würde. Dafür sagte ich, daß ich ihm einen Tritt ins Gesicht versetzen würde, wenn er hereinklettere. In diesem Falle befand sich der Vorteil durchaus auf meiner Seite, und das sah er auch ein. Daher hielt er die Tür verschlossen und rief das übrige Zugpersonal zu Hilfe. Ich konnte hören, wie sie antworteten und wie der Kies unter ihren Füßen knirschte, als sie angelaufen kamen. Und dabei war die andre Tür gar nicht verschlossen; aber das wußten sie nicht, und der »Vergnügungsreisende« starb beinahe vor Angst.

Oh, ich war ein großer Held – mit meiner Rückzugslinie gerade hinter mir. Ich schimpfte auf den Bremser und seine Kameraden, bis sie die Tür aufrissen und ich im Schein der Laterne ihre erbitterten Gesichter sehen konnte. In ihren Augen war die Sache ungeheuer einfach. Sie hatten uns in der

Falle, und jetzt wollten sie heraufkommen und uns verprügeln. Sie kletterten herauf. Ich trat keinem ins Gesicht. Ich riß die Tür gegenüber auf, und der »Vergnügungsreisende« und ich verdufteten. Das Zugpersonal setzte uns nach.
Wenn ich mich recht entsinne, sprangen wir über eine eiserne Einfriedigung. Aber eines weiß ich noch ganz deutlich, nämlich, wo wir uns befanden. In der Dunkelheit fiel ich über einen Grabstein. Der »Vergnügungsreisende« taumelte gegen einen andern Grabstein. Und dann liefen wir, wie wir noch nie gelaufen waren, über den Kirchhof. Die Geister müssen sich gedacht haben: Die können aber laufen! Und das dachte das Zugpersonal offenbar auch, denn als wir zum Kirchhof herauskamen und quer über den Weg in einen dunklen Wald liefen, gaben sie die Verfolgung auf und kehrten zu ihrem Zuge zurück. Als die Nacht etwas vorgeschritten war, befanden wir uns bei einem Brunnen in der Nähe einer Farm. Wir wollten Wasser haben, bemerkten aber einen kleinen Strick, der an der einen Seite des Brunnens herabhing. Wir zogen ihn herauf und fanden an seinem Ende einen Eimer Sahne. Und näher bin ich den Steinbrüchen in Rutland nicht gewesen.
Wenn die Landstreicher die Parole ausgeben, daß die Polizisten in der und der Stadt »feindlich« sind, so muß man die Stadt meiden oder, wenn man sie doch passieren muß, verdammt vorsichtig sein. Eine solche Stadt war Cheyenne an der Union-Pazifik-

Linie. Sie war im ganzen Lande dafür bekannt, daß sie »feindlich« war, und diesen Ruf verdankte sie einer einzigen Persönlichkeit, die, wenn ich nicht irre, Jeff Carr hieß. Sobald Jeff Carr einen Landstreicher erblickte, wußte er Bescheid. Er ließ sich nie auf eine Unterhaltung ein. In einem Augenblick sah er sich den Landstreicher an, und im nächsten langte er aus, mit beiden Händen, mit seinem Stab oder was er gerade zur Hand hatte. Und wenn der Landstreicher seine Prügel weg hatte, wurde er aus der Stadt geschickt mit dem Versprechen, daß es ihm noch schlimmer ergehen würde, wenn er sich je wieder sehen ließe. Jeff Carr verstand sein Geschäft. Im Norden, Süden, Osten und Westen, bis an die Grenzen der Vereinigten Staaten erzählten verprügelte Landstreicher, wie »feindlich« Cheyenne war. Ich habe Jeff Carr glücklicherweise nie getroffen. Ich passierte Cheyenne in einem Schneesturm. Damals waren wir vierundachtzig Landstreicher. Wegen unserer Anzahl war uns das meiste ziemlich gleichgültig, nur Jeff Carr nicht. Schon der Name Jeff Carr lähmte unsere Einbildungskraft und erstickte unsern Mut, und die ganze Bande hatte eine Todesangst, ihn zu treffen. Es lohnt sich selten, stehenzubleiben und sich mit einem Polizisten auf Erklärungen einzulassen, wenn er »feindlich« aussieht. Dann heißt es nur dafür sorgen, so schnell wie möglich wegzukommen. Es dauerte einige Zeit, bis ich das gelernt hatte, aber ein Polizist in New York gab meiner Erziehung in dieser Hinsicht den letzten Schliff. Seitdem fange ich ganz mechanisch zu laufen an, wenn ich einen Polizisten nach mir auslangen sehe. Dieser ganz mechanische Vorgang ist eine der Haupttriebfedern meines Wesens geworden, und sie ist stets aufgezogen und zu sofortiger Funktion bereit. Ich werde das nie überwinden. Und wenn ich achtzig Jahre alt würde und auf Krücken über die Straße humpelte, so weiß ich: in dem Augenblick, wenn ein Polizist die Hand nach mir ausstreckte, würde ich die Krükken wegwerfen und laufen wie ein Hirsch.

Was meiner Erziehung in bezug auf Polizisten noch fehlte, wurde mir, wie gesagt, an einem warmen Sommernachmittage in New York beigebracht. Die ganze Woche war es glühend heiß gewesen. Ich hatte mir angewöhnt, vormittags loszugehen und das tägliche Brot zu erfechten und den Nachmittag in einem kleinen Park zu verbringen, der in der Nähe des Zeitungsviertels und des Rathauses liegt. Hier herum konnte man auf der Karre neue Bücher (die beim Druck oder Einbinden beschädigt waren) für wenige Cent das Stück kaufen. Dann gab es mitten im Park selbst kleine Buden, wo man herrliche eiskalte, sterilisierte Milch und Buttermilch für zwei Cent das Glas bekommen konnte. Jeden Nachmittag setzte ich mich auf eine Bank, las und schwelgte in Milch. Jeden Nachmittag verdrückte ich fünf bis zehn Glas Milch. Es war schrecklich heiß. Ich war nur ein demütiger, wißbegieriger, milchtrinkender Landstreicher, und wie erging es

mir dafür? Eines Nachmittags wollte ich den Park mit einem eben gekauften Buch unterm Arm und dem fürchterlichsten Buttermilchdurst unterm Hemd betreten. Mitten auf der Straße vor dem Rathause war ein Auflauf, genau an der Stelle, wo ich über die Straße mußte, um zur Buttermilchbude zu kommen. Ich blieb daher stehen, um zu sehen, was los sei. Anfangs konnte ich nichts sehen. Dann konnte ich aus dem Geräusch, das ich hörte, und einem Schimmer, den ich hin und wieder sah, erkennen, daß es eine Schar Straßenjungen war, die Murmeln spielte. Nun ist das Murmelnspielen auf den Straßen von New York nicht erlaubt. Das wußte ich nicht, sollte es aber bald erfahren. Ich stand vielleicht eine halbe Minute, als ich einen Jungen »Polizei!« schreien hörte. Die Jungen wußten, was sie zu tun hatten. Sie liefen. Ich tat es nicht.
Die Volksmenge verlief sich sofort und begab sich auf den Bürgersteig zu beiden Seiten der Straße. Ich ging auf den Bürgersteig nach der Parkseite zu. Ungefähr fünfzig Menschen, die sich in dem Schwarm befunden hatten, bewegten sich in derselben Richtung. Wir waren ziemlich weit verstreut. Ich sah mir den Polizisten an, einen großen starken Burschen in grauem Zeug. Er kam in der Mitte der Straße angeschlendert, scheinbar ohne die geringste Eile zu haben. Ganz zufällig bemerkte ich, daß er den Kurs änderte und schräg auf den Bürgersteig zusteuerte, dem auch ich gerade zustrebte. Er schlenderte ruhig durch den Schwarm, und ich

merkte, daß sein Kurs den meinen schneiden mußte. Ich hatte ein reines Gewissen, und obwohl ich sonst gut mit Polizisten Bescheid wußte, war ich durchaus nicht bange. Ich ließ mir nicht träumen, daß der Polizist es auf mich abgesehen hatte. Aber weil ich so von Respekt vor dem Gesetz erfüllt war, war ich gewissermaßen darauf vorbereitet, im nächsten Augenblick stehenzubleiben und ihn vorbeizulassen. Und ich blieb auch ganz richtig stehen. Da geschah es! Ohne eine Warnung hatte der Polizist mich plötzlich mit beiden Händen bei der Brust gepackt, und im selben Augenblick begann er sich in recht unfreundlicher Weise über meine Herkunft auszulassen.

All mein freies amerikanisches Blut begann zu kochen. All meine freiheitsliebenden Vorfahren erhoben ihre Stimme in mir. »Was wünschen Sie?« fragte ich. Seht, ich wollte eine Erklärung haben. Und die bekam ich. Krach! Sein Stab traf meinen Scheitel, und ich taumelte hintenüber wie ein Betrunkener, während sich die neugierigen Gesichter der Zuschauer rings wie die Wogen eines erregten Meeres bewegten und mein teures Buch in den Schmutz fiel. Der Polizist hatte den Stab zu einem neuen Schlage erhoben und ging auf mich los, und in diesem Augenblick, wo mir alles vor den Augen tanzte, hatte ich eine Vision: Ich sah seinen Stab auf meinen Kopf fallen, immer wieder. Ich sah mich selbst blutig, zerschlagen und frech vor dem Polizeigericht, hörte die Anklage wegen Herumtreiberei, unziemlicher Sprache, Widerstandes gegen die Staatsgewalt und einige andere Dinge von einem Schreiber vorlesen und sah mich auf Blackwell Island. O ja, ich wußte Bescheid. Ich verlor alles Interesse an Erklärungen. Ich bückte mich nicht, um mein teures Buch aufzuheben. Ich machte kehrt und lief. Mir war ziemlich schlecht, aber ich lief. Und laufen werde ich bis zu meinem Todestage jedesmal, wenn ein Polizist anfängt, Erklärungen mit seinem Stabe zu erteilen.

Mehrere Jahre später, als ich das Vagabundenleben verlassen hatte und an der California-Universität studierte, war ich eines Abends im Zirkus. Nach der Vorstellung und dem Konzert blieb ich noch da, um zu sehen, wie die Maschinerie, die zu einem großen Zirkus gehört, abtransportiert wurde. Der Zirkus sollte noch am selben Abend weiterreisen, und an einem Feuer traf ich eine Schar kleiner Jungen. Es mochten an zwanzig sein, und aus dem, was sie redeten, merkte ich, daß sie mit dem Zirkus durchgehen wollten. Die Zirkusleute hatten nicht viel Lust, sich mit der ganzen Bande Straßenjungen abzugeben, und ein telephonischer Anruf im Hauptquartier machte ihnen einen Strich durch die Rechnung. Eine Kompanie Polizisten wurde geschickt, um die Jungen zu verhaften unter dem Vorwand, daß jedes Feuer um neun Uhr ausgelöscht sein muß und sie diese Bestimmung übertreten hatten. Die Polizisten umzingelten das Feuer und schlichen sich in der Dunkelheit nahe heran. Auf ein Signal gin-

gen sie drauflos, und jeder Polizist griff zwischen die Jungen wie in einen Korb mit lebenden Aalen.
Nun wußte ich nichts davon, daß die Polizei gerufen war, und als ich plötzlich alle diese Polizisten mit Messingknöpfen und Helmen sah, die nach den Jungen auslangten, schwand alle Kraft und Festigkeit, deren ich mich sonst rühmen kann. Das einzige, was mir einfiel, war, ganz mechanisch zu laufen. Und ich lief. Ich wußte gar nicht, daß ich lief. Ich wußte überhaupt nichts. Es geschah, wie gesagt, ganz mechanisch. Ich hatte gar keine Ursache, zu laufen. Ich war kein Landstreicher. Ich war ein ehrenwerter Bürger im Staate, ich war in der Stadt zu Hause. Ich hatte mir nichts zuschulden kommen lassen. Ich war Student. Man hatte sogar angefangen, meinen Namen in den Zeitungen zu nennen, und ich trug gute Kleider, in denen ich nie geschlafen hatte. Und dennoch lief ich – blind, wahnsinnig wie ein gehetztes Wild – ein weites Stück. Und als ich zur Besinnung kam, merkte ich, daß ich immer noch lief. Es bedurfte einer tatsächlichen Willensanspannung, um meine Beine zum Stehen zu bringen.
Nein, ich komme nie darüber hinweg. Ich kann nichts dafür. Wenn ein Polizist nach mir auslangt, laufe ich. Nebenbei bemerkt, habe ich ein ausgerechnetes Pech, ins Gefängnis zu kommen. Seit ich nicht mehr Vagabund bin, war ich häufiger im Gefängnis als damals. Eines Sonntagmorgens mache ich mit einer jungen Dame einen Radausflug. Ehe

wir das Weichbild der Stadt erreichen, werden wir verhaftet, weil wir an einem Fußgänger auf dem Bürgersteig vorbeigefahren sind. Ich beschließe, jetzt vorsichtiger zu sein. Als ich das nächste Mal auf dem Rade sitze, ist es Nacht, und meine neue Azetylenlampe brennt nicht. Ich bemühe mich liebevoll um das kleine Flämmchen, behandle es, der Polizeivorschrift wegen, mit der größten Sorgfalt. Ich habe Eile, aber ich fahre wie eine Schnecke, um das schwache Licht nicht auszulöschen. Ich erreiche die Stadtgrenze. Jetzt bin ich außerhalb des Gebietes, wo die Polizeiverordnung gilt, und beginne loszulegen, um die verlorene Zeit wiederzugewinnen. Eine halbe Meile weiter werde ich von einem Polizisten geschnappt, und am nächsten Morgen verscherze ich meine Kaution beim Polizeigericht. Die Stadt hat heimtückisch ihre Grenze weiter hinausgeschoben, und das wußte ich nicht – das war alles. Dann fällt mir ein, daß ich ein unverletzliches Recht habe, frei zu reden und in aller Friedlichkeit Zuhörer um mich zu sammeln, und ich klettere auf eine Kiste, um mein letztes Steckenpferd, zum Beispiel irgendein wirtschaftliches Problem, zu reiten, und sofort holt mich ein Polizist herunter und bringt mich ins städtische Gefängnis, wo ich gegen Kaution losgelassen werde. Es nützt alles nichts.

In Korea wurde ich seinerzeit so etwa einen Tag um den andern verhaftet. Ebenso in der Mandschurei. Als ich das letztemal in Japan war, brach ich unter dem Vorwand, russischer Spion zu sein, in ein Gefängnis ein. Ich war es nicht, der diesen Vorwand erdachte, aber ich kam doch daraufhin ins Gefängnis. Es ist hoffnungslos. Ich bin vom Schicksal für die Rolle des Gefangenen ausersehen. Dies ist eine Tatsache.

Im Bostoner Volkspark hypnotisierte ich einmal einen Polizisten. Es war Mitternacht, und er hätte mich leicht überwältigen können; aber ehe ich fertig war, hatte er mir einen Vierteldollar und die Adresse einer Gastwirtschaft gegeben, die die ganze Nacht geöffnet war. Und der Polizist in Bristol (New Jersey)! Er fing mich und ließ mich wieder laufen, obwohl der Himmel wissen mag, daß er genügend Ursache hatte, mich ins Gefängnis zu bringen. Ich gab ihm die kräftigste Ohrfeige, die er – darauf möchte ich schwören – in seinem ganzen Leben bekommen hat. Das ging so zu: Um Mitternacht erwischte ich einen Güterzug auf dem Bahnhof von Philadelphia. Der Bremser schmiß mich. Der Zug fuhr ganz langsam durch das Labyrinth von Gleisen und Weichen, das den Güterbahnhof umgab. Ich kriegte ihn wieder und wurde wieder geschmissen. Ihr versteht, ich mußte einen »Außenplatz« ergattern, denn es war ein durchgehender Zug, und alle Türen waren verschlossen und versiegelt.

Als ich das zweitemal geschmissen wurde, hielt mir der Bremser einen richtigen kleinen Vortrag. Er erzählte mir, daß ich das Leben riskierte, daß es ein sehr schnell fahrender Zug wäre. Ich erzählte ihm, daß ich gewohnt sei, sehr schnell zu fahren; aber das half alles nichts. Er sagte, er erlaube mir nicht, Selbstmord zu begehen, und ich wurde wieder geschmissen. Aber ich kriegte den Zug zum dritten Male und kletterte auf die Puffer. Es waren die magersten Puffer, die ich je gesehen hatte – ich meine nicht die richtigen Puffer, die eisernen, die gegeneinander scheuern und stoßen, sondern die Balken, die wie mächtige Klammern gerade über den eigentlichen Puffern die Enden der Güterwagen verbinden. Wenn man auf den Puffern fährt, steht man mit je einem Fuß auf diesen Klammern, und die Puffer liegen unter einem.

Aber die Balken oder Klammern, auf denen ich mich hier befand, waren nicht die breiten, soliden Balken, wie man sie gewöhnlich an geschlossenen Güterwagen hatte. Im Gegenteil: sie waren schmal – nicht mehr als anderthalb Zoll breit. Nur eine halbe Fußsohle hatte Platz auf jedem. Und dazu gab es nichts, woran ich mich mit den Händen halten konnte. Allerdings hatte ich die Enden der beiden Wagen, aber das waren glatte, senkrechte Flächen. Ich konnte nur die Handflächen gegen die Wagen pressen, um einen Halt zu finden. Aber auch das hätte genügt, wenn die Klammern nur einigermaßen breit genug für meine Füße gewesen wären.

Als der Zug Philadelphia verlassen hatte, begann er die Fahrt zu beschleunigen. Da verstand ich, was der Bremser mit Selbstmord gemeint hatte. Der

Zug fuhr immer schneller. Es war ein durchgehender Zug, und nichts hielt ihn auf. Auf diesem Teil der Pennsylvania-Bahn laufen vier Gleise nebeneinander, und mein ostwärts gehender Zug brauchte sich also nicht damit aufzuhalten, westwärts fahrende Züge passieren oder sich von Expreßzügen einholen zu lassen. Er hatte ein Gleis für sich und nutzte es aus. Ich befand mich in einer heiklen Lage. Mit jedem Fußrand stand ich auf einem schmalen Vorsprung und preßte verzweifelt die Handflächen gegen die glatten, senkrechten Wagenseiten. Und jeder der beiden Wagen hatte seine eigene Bewegung, auf und ab, hin und her. Habt ihr je einen Zirkusreiter auf zwei Pferden stehen gesehen, die sich in vollem Lauf befinden, je einen Fuß auf dem Rücken eines jeden Pferdes? Dasselbe tat ich eben, aber mit einem gewissen Unterschied. Der Zirkusreiter hat seine Zügel zum Festhalten, ich aber hatte nichts; er steht auf der ganzen Sohle, und ich mußte auf der Kante der meinen stehen; er kann die Beine und den ganzen Körper beugen und so durch die Biegung seines Körpers eine gewisse Stärke erhalten und sich die Stabilität verschaffen, die ein tiefliegender Schwerpunkt zur Folge hat, ich aber mußte ganz gerade und mit ausgestreckten Beinen stehen. Er kann mit vorwärtsgewandtem Gesicht reiten, und ich ritt seitwärts, und endlich kollert er, wenn er fällt, nur auf Sägespäne, während ich von den Rädern zermalmt worden wäre. Und wahrhaftig, der Güterzug fuhr! Er brüllte und heulte, schwang sich wie rasend um die Kurven, ratterte über die Schwellen, wobei der eine Wagen hochhüpfte und der andere niederkrachte oder im selben Augenblick einen Ruck nach rechts bekam, wenn der andere nach links fuhr. Die ganze Zeit stand ich da und betete, daß der Zug halten möchte. Aber er hielt nicht. Er hatte keinen Grund, zu halten. Zum ersten, letzten und einzigen Male in meiner Vagabundenzeit bekam ich des Guten zuviel. Ich verließ die Puffer und kam auf eine der eisernen Leitern an der Seite des Zuges. Es war eine gefährliche Arbeit, ich habe nie einen Wagen gesehen, der so sparsam mit Handgriffen und Platz für die Füße versehen war wie die Wagen dieses Zuges.

Da hörte ich die Lokomotive pfeifen und fühlte, wie die Fahrt verlangsamt wurde. Ich wußte, daß der Zug nicht hielt, aber ich war entschlossen, den Versuch zu wagen, wenn er nur ein klein wenig langsamer fuhr. Der Bahndamm machte hier einen Bogen, dann fuhren wir auf einer Brücke über einen Kanal und durch die Stadt Bristol. Diese verschiedenen Umstände veranlaßten zusammen die Herabsetzung der Schnelligkeit. Alles, was ich wußte, war, daß ich hinunter wollte. Ich spannte meine Sinne aufs äußerste an, um trotz der Dunkelheit eine Straßenkreuzung zu erblicken, wo ich abspringen konnte. Ich war ziemlich weit hinten im Zuge, und ehe mein Wagen die Stadt erreichte, war die Lokomotive schon zum Bahnhof hinaus, und ich konnte merken, daß es wieder schneller ging. Da kam die Straße. Es war zu dunkel, um zu sehen, wie breit sie war oder was sich auf der andern Seite befand. Ich wußte, daß ich die ganze Straßenbreite brauchte, wenn ich nach dem Abspringen das Gleichgewicht bewahren wollte. Ich sprang ab. Das klingt einfach.

Mit »Abspringen« meine ich folgendes: Zuerst beugte ich, auf der eisernen Leiter stehend, den Oberkörper in der Fahrtrichtung vor, um mir soviel Raum wie möglich zu verschaffen, damit ich mich bei dem Abspringen genügend zurückschwingen konnte. Dann schwang ich, schwang aus aller Kraft vor und zurück und ließ los, indem ich mich rechtzeitig hintenüberwarf, als ob ich die Absicht hätte, den Nacken auf den Boden zu schleudern. Alles das tat ich, um soviel wie möglich dem Stoß zu begegnen, den die Bewegung des Zuges mir im ersten Augenblick vornüber geben mußte. Als meine Füße den Boden berührten, fuhr mein Körper hintenüber, so daß er einen Winkel von fünfundvierzig Grad bildete. Ich hatte die Vorwärtsbewegung ein wenig abgeschwächt, denn sonst wäre ich gleich vornüber aufs Gesicht gefallen. Statt dessen hob mein Körper sich bis zur Senkrechten und neigte sich dann wieder zurück. Tatsächlich hatte mein Körper immer noch dieselbe Bewegung, während meine Füße durch die Berührung mit dem Boden die ihre verloren hatten. Diese verlorene Bewegung mußte ich meinen Füßen wieder verschaffen, indem ich sie so schnell wie möglich hob und vorwärts trieb, wenn ich meinen sich vorwärts bewegenden Körper auf den Beinen halten wollte. Das Ergebnis war, daß sich meine Füße so schnell wie Trommelschlegel quer über die Straße bewegten. Ich wagte nicht anzuhalten. Hätte ich es getan, so wäre ich vornübergefallen. Ich mußte in Bewegung bleiben. Ich war ein willenloses Geschoß, und die ganze Zeit fürchtete ich mich davor, was sich auf der andern Seite der Straße befände, und hoffte, daß es keine Steinmauer und kein Telegraphenpfahl wäre. Aber im selben Augenblick stieß ich mit etwas zusammen. Barmherziger Gott! Ich sah es einen Augenblick, ehe das Unglück geschah: Wahrhaftig, es war ein Polizist, der hier in der Dunkelheit stand! Wir stürzten beide und kollerten herum – immer weiter –, aber der automatische Prozeß, der im Augenblick des Zusammenstoßes in dem armen Geschöpf vorging, war, daß es nach mir auslangte, sich an mich klammerte und nicht loslassen wollte. Wir waren beide ganz verstört, und es war ein lammfrommer Landstreicher, an den er sich klammerte, während er wieder zur Besinnung zu kommen suchte.

Hätte der Polizist auch nur die geringste Phantasie gehabt, so hätte er mich für ein Wesen aus einer andern Welt, für einen soeben angekommenen Marsbewohner halten müssen, denn er hatte mich in der Dunkelheit nicht abspringen sehen. Und das erste, was er mich fragte, war denn auch tatsächlich: »Wo kommst du her?« Seine nächsten Worte, die er sprach, ehe ich Zeit zum Antworten hatte, lauteten: »Ich hätte die größte Lust, dich mit zur Polizei zu nehmen.« Auch das geschah – davon bin ich fest überzeugt – ganz mechanisch. Er war ein gutherziger Mensch, denn nachdem ich ihm die Geschichte erzählt und ihm geholfen hatte, seine Kleider abzubürsten, gab er mir Frist bis zum nächsten Güterzug – aber dann mußte ich auch versprechen zu verschwinden. Ich stellte zwei Bedingungen: erstens, daß der Zug nach Osten ginge, und zweitens, daß es kein durchgehender Schnellzug mit verschlossenen und versiegelten Türen wäre. Darauf ging er ein und schloß mit mir den Frieden von Bristol, demzufolge ich vor dem Eingesperrtwerden bewahrt wurde.

Ich entsinne mich einer andern Nacht in derselben Gegend, als ich beinahe wieder mit einem Polizisten zusammengestoßen wäre. Hätte ich ihn getroffen, so würde ich ihn wie ein Opernglas zusammengeschoben haben, denn ich kam durch die Luft gefahren ohne jeden Halt, und ein paar Bahnbeamte waren hinter mir her und wollten mich gerade packen. Das ging so zu: Ich hatte eine Zeitlang bei einem großen Fuhrmann in Washington logiert, wo ich einen Stand und zahllose Pferdedecken zu meinem persönlichen Gebrauch hatte. Als Entgelt für eine so üppige Unterkunft mußte ich jeden Morgen eine ganze Menge Pferde versorgen. Ich wäre vielleicht noch dort, wenn die Polizei nicht eingegriffen hätte.

Als ich eines Abends gegen neun Uhr in den Stall zurückkam, um mich zur Ruhe zu begeben, war ein Spiel in vollem Gange. Es war Markttag gewesen, und alle Neger hatten Geld.
Es wäre vielleicht gut, eine Bemerkung über die Örtlichkeit vorauszuschicken. Der Stall hatte Eingänge von zwei verschiedenen Straßen. Ich kam zur Haupttür herein, ging durchs Kontor und einen kleinen Gang, der zwischen den zwei Reihen Ständen durch das ganze Gebäude bis zu dem Ausgang nach der andern Straße lief. Mitten im Gange lagen unter einer Gasflamme und zwischen den zwei Reihen Pferden etwa vierzig Neger. Ich schloß mich ihnen als Zuschauer an. Ich war pleite und konnte nicht spielen. Der Bankhalter paßte andauernd, obwohl er gut hätte melden und die Bank nehmen können, aber er versuchte immer wieder sein Glück, und jedesmal, wenn er paßte, wurde der Einsatz verdoppelt. Es lag eine Menge Geld auf der Erde. Es war ungeheuer spannend. Und gerade in diesem Augenblick wurde mächtig gegen die großen Türen gehämmert, die zu der wenig belebten Straße hinausführten.
Ein paar von den Negern rissen in der entgegengesetzten Richtung auf. Ich hielt einen Augenblick in der Flucht inne, um das viele Geld, das auf dem Boden lag, zu nehmen. Das war kein Diebstahl. Es war selbstverständlich. Alle, die nicht ausgerissen waren, nahmen sich, soviel sie konnten. Die Türen flogen mit einem Krach auf, und herein kam eine

ganze Kompanie Polizisten. Wir stürzten nach der andern Tür. Es war dunkel im Kontor, und die Tür war so schmal, daß wir nicht alle auf einmal auf die Straße kommen konnten. Es gab ein furchtbares Gedränge. Ein Neger stürzte sich durch ein Schiebefenster hinaus, wobei er den untersten Teil davon mitnahm, und andere folgten seinem Beispiel. Hinter uns waren die Polizisten eifrig beschäftigt, Gefangene zu machen. Ein großer Neger steuerte gleichzeitig mit mir auf die Tür los. Er war größer als ich, wirbelte mich herum und kam zuerst hinaus. Im nächsten Augenblick traf ihn der gewaltige Schlag eines Polizeistabes, und er stürzte wie ein Stier. Draußen stand eine neue Kompanie Polizisten und wartete auf uns. Da sie wußten, daß sie den herausstürmenden Schwarm nicht mit den Händen zum Halten bringen konnten, schwangen sie ihre Stäbe. Ich stolperte über den gefallenen Neger, der mich herumgewirbelt hatte, duckte mich, um einem Schlage zu entgehen, kroch zwischen den Beinen eines Polizisten hindurch und war frei. Und wie ich lief! Gerade vor mir raste ein magerer Mulatte, und ich folgte ihm. Er kannte die Stadt besser als ich, und wenn ich sicher sein wollte, tat ich am besten, in derselben Richtung wie er zu laufen. Aber er dachte wiederum, daß ich ein Polizist wäre, der ihn fangen wollte. Er sah sich nicht ein einziges Mal um. Er lief nur. Ich hatte gut Luft geholt und blieb ihm auf den Fersen, bis ich ihn fast zu Tode gehetzt hatte. Schließlich stolperte er vor

Ermattung, sank ins Knie und ergab sich mir. Und als er dann entdeckte, daß ich kein Polizist war, rettete mich nur der Umstand, daß er so außer Atem war. Dies war der Grund, daß ich Washington verließ – nicht des Mulatten, sondern der Polizisten wegen. Ich ging nach dem Bahnhof und erwischte den ersten Blinden des Pennsylvania-Expreßzuges. Als sich der Zug in Bewegung gesetzt hatte und ich seine Schnelligkeit spürte, wurde ich plötzlich bedenklich. Es war eine viergleisige Linie, und die Lokomotive nahm während der Fahrt Wasser ein. Landstreicher hatten mich längst davor gewarnt, auf dem ersten Blinden von Zügen zu fahren, deren Lokomotive während der Fahrt Wasser einnimmt. Darf ich es näher erklären? Zwischen den Schienen befinden sich niedrige Metallrinnen. Wenn die Lokomotive in voller Fahrt darüber hinwegfährt, fällt ein Rohr in die Rinne. Das Resultat ist, daß alles Wasser aus der Rinne durch das Rohr in den Tender hinaufgesogen wird.

Irgendwo zwischen Washington und Baltimore merkte ich, als ich so auf der Plattform des Blinden saß, wie die Luft von einem feinen Sprühregen gesättigt wurde. Das machte mir nichts aus. Aha, dachte ich, es ist also nur Bluff, wenn man sagt, daß das Wassereinnehmen während der Fahrt so unangenehm für den Landstreicher auf dem ersten Blinden sei. Was hat das bißchen Sprühregen zu sagen? Dann begann ich die Einrichtung zu bewundern. Das war eine Eisenbahn! Das war doch etwas anderes als die primitiven Bahnen drüben im Westen – und im selben Augenblick war der Tender voll, aber die Rinne noch nicht leer. Eine mächtige Woge ergoß sich über den hinteren Teil des Tenders und über mich. Ich war so naß, als wäre ich über Bord gefallen. Der Zug fuhr in Baltimore ein. Wie gewöhnlich in den großen Städten des Ostens lief die Eisenbahn unter der Straßenlinie, auf dem Grund eines tiefen Einschnitts. Als der Zug in den erleuchteten Bahnhof einfuhr, machte ich mich auf dem Blinden so klein wie möglich. Aber ein Bahnbeamter sah mich doch und machte sich an meine Verfolgung. Zwei andere schlossen sich ihm an. Auf der andern Seite des Bahnhofs sprang ich ab und lief das Gleis entlang. Es war die reine Falle. Zu beiden Seiten erhoben sich die steilen Wände des Einschnitts, und ich wußte, daß ich, wenn ich sie zu erklimmen versuchte und es mißglückte, unweigerlich einem Polizisten in die Klauen geraten mußte. Ich lief und lief und war die ganze Zeit auf dem Ausguck nach einer Stelle, wo ich hinaufklettern konnte. Zuletzt fand ich eine. Sie befand sich gerade unter einer Brücke, auf der eine Straße, die auf der gewöhnlichen Höhe der Stadt lag, über den Einschnitt führte. Auf Händen und Füßen klomm ich die steile Wand hinauf. Die drei Bahnbeamten klommen mir, ebenfalls auf Händen und Füßen, nach. Als ich oben war, befand ich mich auf einem unbebauten Grundstück, das auf einer Seite durch eine niedrige Mauer von der Straße getrennt war.

Ich hatte keine Zeit, eingehende Untersuchungen anzustellen. Sie waren mir auf den Fersen. Ich stürzte auf die Mauer los und sprang hinüber. Und da hatte ich die große Überraschung meines Lebens! Man nimmt gewöhnlich an, daß die eine Seite der Mauer ebenso hoch wie die andere ist. Aber bei dieser Mauer war es nicht so. Das Grundstück lag viel höher als die Straße. Auf meiner Seite war die Mauer niedrig, auf der andern Seite aber – schön, als ich so in voller Fahrt über die Mauer kam, war es, als fiele ich, mit den Beinen voran, geradeswegs in einen tiefen Abgrund.
Unter mir, im Schein einer Straßenlaterne, ging ein Polizist auf dem Bürgersteig. Ich nehme an, daß die Höhe neun bis zehn Fuß betrug, aber in meinem Schrecken und Erstaunen kam sie mir aus meiner schwebenden Lage doppelt so groß vor.
Ich streckte mich in der Luft aus und kam hinunter. Zuerst glaubte ich, ich sei dem Polizisten auf den Kopf gefallen, und meine Kleider berührten ihn auch, als meine Füße mit einem mächtigen Krach auf den Bürgersteig sausten. Es war ein Wunder, daß er nicht tot umfiel, denn er hatte mich nicht kommen hören. Es war eine neue Auflage des Marsbewohners. Und der Schutzmann fuhr denn auch wirklich zusammen. Er machte einen Satz zur Seite, wie ein Pferd vor einem Automobil, und dann langte er nach mir aus. Ich ließ mir keine Zeit, ihm die Sache zu erklären. Das überließ ich meinen Verfolgern, die sich ganz vorsichtig über die Mauer

schwangen. Aber ich lief gehörig. Ich lief eine Straße hinunter und noch eine, schlüpfte um ein paar Ecken und entkam schließlich.
Nachdem ich etwas von dem Geld, das ich bei den Spielern erwischt hatte, durchgebracht und eine Stunde totgeschlagen hatte, kehrte ich zum Bahneinschnitt zurück und wartete dicht vor den Bahnhofslichtern auf einen Zug. Mein Blut hatte sich etwas abgekühlt, ich zitterte vor Kälte in meinem nassen Zeuge. Schließlich fuhr ein Zug in den Bahnhof ein. Ich gebrauchte die größte Vorsicht und hatte das Glück, mitzukommen, aber diesmal sorgte ich dafür, daß ich auf den zweiten Blinden kam. Ich hatte genug vom Wassereinnehmen während der Fahrt. Der Zug fuhr vierzig Meilen, ehe er hielt. Ich stieg ab und befand mich bei einem Bahnhof, der mir bekannt vorkam. Bei der Geschichte in Baltimore und meiner beschwerlichen Flucht durch unbekannte Straßen hatte ich mich in der Richtung geirrt und einen falschen Zug erwischt. Ich hatte eine Nacht Schlaf verloren, war bis auf die Haut durchnäßt worden, hatte laufen müssen, als ob der Teufel hinter mir her sei, und befand mich trotz allem immer noch am selben Fleck. O nein, es ist nicht immer ein Vergnügen, Vagabund zu sein! Aber ich kehrte nicht zu dem Fuhrmann zurück. Ich hatte einen ganz guten Griff getan, und mir lag nichts an einer Abrechnung mit den Negern. Daher verließ ich die Stadt mit dem ersten Zuge und frühstückte in Baltimore.

BIOGRAPHIE

Am 14. Januar 1876 erscheint im »San Francisco Chronicle« eine kurze Notiz: »Chaney. — Am 12. Januar wurde in dieser Stadt von Flora Wellmann, der Frau W. H. Chaneys, ein Sohn geboren.«

Nur acht Monate hieß das Kind Jack Chaney, dann heiratete Flora Wellmann den verwitweten John London, einen ehemaligen Eisenbahnbeamten, der ständig seinen Beruf wechselte.

Seinen eigentlichen Vater, den spleenigen irischen »Professor« Chaney, lernte Jack London nie kennen. Ja, Chaney stritt sogar ab, sein Vater zu sein.

Die Londons führten ein Leben ohne Ziel und ohne Richtung. John London fing zahllose Beschäftigungen an, brach sie ab und wurde schließlich arbeitslos. Die Familie wechselte ständig die Wohnung, und schließlich landete sie in dem billigsten Arbeiterviertel Oaklands, der Schwesterstadt San Franciscos.

Unterdessen war Jack alt genug, um zu fühlen, daß manches in der Familie nicht stimmte. Das Haus, ständig beherrscht von Floras Hysterie, ihren Szenen, Herzattacken und spiritistischen Anwandlungen, war alles andere als ein Heim.

Oft sagte Jack London, er habe keine Kindheit gehabt, seine frühesten Erinnerungen seien von Armut verdunkelt, und nie sei das Dunkel gewichen.

Als Zehnjähriger schleppte Jack Zeitungen durch die Stadt, kaum fünfzehn, besaß er ein Boot, mit dem er private Austernbänke ausräuberte. Im Hafenviertel spielte er unter seinen Ganoven-Freunden den unbändigen Säufer und starken Mann. Ein Jahr später heuerte er auf der »Sophie Sutherland« als Teerjacke an und fuhr mit nach Japan und dem Fernen Osten.

Wieder zu Hause, machte er sein Abitur nach und ging 1896 nach Berkeley auf die California University, die er bald wieder verließ, um als Wäschereiarbeiter das Nötigste zu verdienen.

Er verließ schließlich Oakland und zog als Tramp und »blinder Passagier« durch die Vereinigten Staaten bis hinauf nach Kanada.

Kaum war er wieder zurück in San Francisco, als die Goldfunde in Alaska zur Schlagzeile der gesamten amerikanischen Presse wurden.

Und Jack brach sofort auf, sein Herz voller Hoffnung, endlich das nötige Geld zu verdienen, um als unabhängiger Schriftsteller leben zu können, denn schon waren erste Artikel von ihm in den Tagesblättern San Franciscos erschienen. Jack hatte in der Eiswüste zwar tausend unvergeßliche Erlebnisse, aber er fand nicht ein Gramm Gold. Krank und abgezehrt fuhr er heim.

Jack London durfte nicht weiter als Gelegenheitsarbeiter seine jugendliche Kraft vergeuden. Er mußte jetzt handeln, um nicht mehr behandelt zu werden, und so widmete er sich ganz der Schriftstellerei, obwohl seine Familie vor Geldnot nicht mehr ein noch aus wußte. Alle Erlebnisse der ungewöhnlichen Jugend wurden zu Geschichten, die ihm bald von allen führenden Magazinen und literarischen Agenten aus den Händen gerissen wurden.

Es hatte zwar zwei Jahre gedauert, bis er sich durchgesetzt hatte; halb verhungert und von endloser Nachtarbeit an der Schreibmaschine ausgehöhlt, hatte er auf den Durchbruch gewartet — jetzt gehörte er zusammen mit Theodore Dreiser und Upton Sinclair zu den Großen der amerikanischen Literatur.

Und 1903 erschien »Der Ruf der Wildnis« (The Call of the Wild), es war sein zweiter Roman, und dieses Buch machte ihn zum literarischen Vorbild einer ganzen Generation, die nach männlichen Abenteuern verlangte. Als 1904 »Der Seewolf« (The Sea Wolf) erschien, bescheinigte ihm die amerikanische Literaturkritik, daß nach Melville, Stevenson, Kipling und Conrad nichts Besseres je geschrieben worden war über das Abenteuer auf See, die Fahrt ins Weite, über bedrückende Windstille, tosende Stürme, schmetternde Schiffbrüche, über das Erlebnis tropischer Küsten und nordischer Schneelandschaften und Eiswüsten.

London, einer der produktivsten Autoren der Weltliteratur, schrieb fast Jahr für Jahr einen neuen Roman, ja oft erschienen gleichzeitig mehrere Bände von ihm, die kurze Zeit später, bereits übersetzt, in allen Buchhandlungen der Welt lagen.

Jack London zu lesen, ist seither Brauch oder Sucht aller Jugendlichen jeder Generation, denn in seinen Büchern finden sich alle Abenteuer, die der heutigen Jugend für immer verwehrt sind. Die Welt Jack Londons ist unterdessen von der Technik entzaubert worden. Seine spannenden Weltreisen sind heute planmäßige Routinefahrten jedes besseren Reisebüros; aber seine verwegenen Fahrten waren noch voll Wagnis, voller Risiken und Überraschungen — alles Dinge, die wir heute nur noch künstlich konstruieren können.

Jack Londons spannende Geschichten machen auch heute noch jeden Leser wieder begierig nach einer Welt voller Gefahren und nach

der »verlorenen« Zeit, der die Angst und das Absurde noch fremd waren.
Nach Londons plötzlichem Tod am 22. 11. 1916 auf seiner Farm in Glen Ellen waren es neben den literarischen Freunden besonders die Jugendlichen, die seine Stimme vermißten.
Jack Londons Leben war kurz: Was er erlebt hatte, empfand er spontan und heftig — was er schrieb, hatte er auch erlebt — und was er gesehen und durchgemacht hatte, war so ungewöhnlich, daß seine Bücher von einer Vitalität sind, die wir heute nicht mehr kennen, aber uns alle im geheimen wünschen.

Horst Römer